ハーレクイン文庫

忘れられた愛の夜

ルーシー・ゴードン

杉本ユミ 訳

JN031838

HARLEQUIN
BUNKO

A NIGHT OF PASSION

by Lucy Gordon

Published by Harlequin Japan, a Division of K.K. HarperCollins Japan, 2024

忘れられた愛の夜

◆主要登場人物

ベロニカ・グラント……………………女優兼モデル。愛称ロニー。
ホリー……………………………………ベロニカの娘。重い心臓病に罹患。
ウェストン………………………………ホリーの主治医。
ミセス・ヘンドリックス………………ホリーの療養先の家政婦。
デレク……………………………………ベロニカに求婚中の弁護士。
サリー・クレメント……………………ベロニカの所属事務所の経営者。
リック……………………………………カメラマン。
ジョーダン・キャベンディッシュ……実業家。
ロレイン・ハスラム……………………ジョーダンの愛人。
ケイト・アダムス………………………ジョーダンの秘書。

1

ベロニカ・グラントは祈るような気持ちでクレメンタイン・モデル事務所の門をくぐった。このところ、仕事に恵まれていない。なのにお金の必要性は日に日に増していた。

事務所のオーナー兼マネージャーのサリー・クレメントを待ちながら、ベロニカはバッグから娘の写真を取り出した。数カ月前に撮ったその写真には、八歳という年齢のわりには小柄で痩せているものの、エネルギーに満ちた茶目っ気たっぷりの女の子が写っている。歩けるようになってからというもの、ホリーはやんちゃなくらい活発で擦り傷の絶えない子供だった。聡明《そうめい》で早熟で、どれだけいたずらをしても意地の悪いことだけはしない、優しい娘だ。

そんなホリーがいたずらもしなくなってからどれくらいたっただろう。目頭が熱くなる。最近のホリーはすっかり元気をなくし、痛々しいほど従順だった。このまま手術費を工面できなければ、容態は悪化する一方だろう。

一見して、ベロニカは八歳の娘がいるようには見えなかった。赤みがかったブロンドの豊かな髪が華やかに肩を包み、ハート形の顔を完璧に彩っていて、とても二十七歳には見えない。染みひとつない肌と優しく弧を描く口元も、世の女性たちがこぞってうらやむものだ。けれどベロニカにとっては、物心ついてからというもの、男性の目を引かずにはおかない外見は悩みの種でしかなかった。

少女の頃は舞台女優に憧れ、芝居をしたいと真剣に思っていた。神秘的な外観で、ジュリエットやオフィーリアを印象的に演じて演劇批評家たちをあっと言わせるのが夢だった。けれども成長するにつれ、自分が小柄で曲線美の持ち主だとわかってきた。表情豊かな顔に甲高い声、おまけにビキニを着るために生まれてきたような体つきだ。

百六十センチで細いウエストとつんと上を向いた胸と、ジーンズにぴったりのヒップは、行く先々で男たちを振り返らせた。となると、まわってくる仕事は、偉大な古典とはほど遠いお色気劇の、露出度の高い端役ばかり。それでもベロニカは、ホリーを養うために受け入れてきた。

モデルの仕事で収入を補えばと最初に勧めてくれたのは友人のサリー・クレメントだ。トップモデルになるには小柄すぎるが、気軽な仕事ならそれなりにこなせた。通信販売のカタログだったり、モーターショーで車のボンネットに腰かけたり。ボートショーではヨットのデッキに寝そべったりもした。

女優としてカメラマンが求めるイメージを作るのには慣れていた——素朴な女、能天気な女、誘惑する女、無垢《むく》な女、軽はずみな女。大きな青い目をさらに見開いて驚きを表現することもできるし、うっとりと誘うような顔で重いまぶたの下から男性に視線を投げかけることもできる。

　しかし、唯一本来の自分だけは絶対に表すわけにはいかなかった。その気の強さと自尊心の高さは、相手を警戒させるだけだったから。華奢《きゃしゃ》な顎にも内面の強情さがそこはかとなく表れていた。それでもカメラの前で、赤ん坊のように軽く弧を描く口元に柔らかな笑みをたたえると、ベロニカ本来の気の強さに気づく者はほとんどいなかった。

　彼女の頑固さを知っているのはごく一部の親しい人間だけだった。そしてベロニカ自身、決して忘れていなかった。この自尊心と不屈の精神があればこそ生きてこられたことを。そして、娘の病状の深刻さが判明してからのこの悪夢のような数カ月をなんとか乗りきれたのも、この性格のおかげだった。だからこそ、胸の内で恐怖が日に日にふくらんでいても、心配事など何もないかのように笑ってポーズをとっていられるのだ。

　モデルの仕事は舞台女優ほど芸術への意欲を満たせるものではなかったが、報酬はよく、何より夜は自宅で娘と過ごせるのがありがたい。今はモデル業一本で、たまにテレビのコマーシャルに出るくらいだった。だが、その程度の仕事でホリーの手術代を捻出するのは不可能だった。

　けれど今日はサリーからの電話で、実入りのいい仕事がありそうなことをほのめかされた。電話では具体的な内容は聞かせてもらえず、ベロニカは希望に胸をふくらませて駆けつけたのだ。

サリーは戸口でベロニカを迎えた。「さあ入って、ロニー。まずは座って」彼女は雑然としたオフィスにベロニカを通し、椅子の上の書類を押しのけた。

サリーは優しい心根と角張ったユーモラスな顔だちと生真面目な雰囲気を持つ、三十代半ばの魅力的な女性だ。

「話を聞かせて」ベロニカは腰かけるなり言った。

「そうね、いつもの仕事とはちょっと毛色が違うから、電話では話しにくくて。脱いでもらうことになるし……」ベロニカが低くうめくと、サリーは慌てて続けた。「ポルノじゃないのよ、ロニー。イゼベルっていう新しい香水の広告。先方は必ずセンスよくまとめるからって約束してくれているの。キャッチコピーはこうよ、〝イゼベルだけで完璧〟」

ベロニカは顔をしかめた。「報酬は？」

「間違いなく最近の稼ぎよりは多くなるわ。わたしも交渉するし。あなたの事情はわかっているもの」サリーはベロニカの張りつめた顔を見つめ、そっと尋ねた。「ホリーの具合はどう？」

「よくないわ。もう手術しか手がないの」ベロニカは両手を握りしめた。「つらいのは、それでもあの子が愚痴ひとつこぼさないこと。ほかの子供たちと遊べなくて泣きたいくらい退屈しているはずなのに、心配させまいと平気なふりをしているわ」最後のくだりで喉がふさがり、ベロニカはうつむいた。

サリーはあえて慰めの言葉をかけなかった。我が子がゆっくりと死に向かうのを見守るしかない母親に、かける言葉がないことくらいわかっている。サリーはベロニカの肩を軽くたたき、コーヒーをいれることに意識を集中させた。そしてカップを置く頃には、ベロニカもどうにか笑みを浮かべるまでには持ち直していた。

「病気のこと、本人はわかっているの?」

「心臓の調子が悪いことはね。だから元気が出なくて息切れするんだって。理解するには幼すぎる気がしたけれど、利口な子だからわかったみたい」ベロニカの声に絶望感がにじんだ。「でも、治療できない理由はどう話せばいいのかわからなくて」

「デレクに相談してみたら? 彼、あなたに夢中だから、力になってくれるんじゃない?」

ベロニカは自分との結婚を望む親切で穏やかな弁護士の顔を思い描くと、浮かない笑みで首を横に振った。「三万ポンドよ、サリー。いくらデレクが立派な職業に就いているからって、そう簡単に用立てられる額じゃないわ。せめてわたしに自分のアパートメントを買うだけの甲斐性《かいしょう》があれば、それを担保にできるんだけど、家賃を払っていくのもやっとだし。もうどうすればいいのかわからない。ホリーは日に日に弱っていて、もう残された時間はあまりないのに」

「だったら、やっぱりこの仕事を受けるべきよ」サリーは言った。「条件のいい長期契約を結べたら、銀行ローンだって組めるし。そうでもしなきゃ、三万ポンドなんて無理だもの。億万長者の知り合いでもいない限り」

「実は、いるの」ベロニカはぼそっと告げた。「正確には〝いた〟ね。当時は億万長者じゃなかったけれど」独り言のように続ける。「プライドを捨てるのと公然と裸体をさらすのと、どっちがきついかしら？　彼に援助を求めるくらいなら死んだほうがまし。でも、わたしにはホリーしかいない」

「まるでなぞなぞね」サリーはぼやいた。「きいていい？　億万長者でもまだ大目に見られない男って、いったいどんな男？」

「簡単よ」ベロニカは言った。「ホリーの父親」

ジョーダン・キャベンディッシュは痛む目を手でこすった。夜の九時、しかも前夜は飛行機の中でずっと、書類仕事に没頭していた。ジョーダンは自分の弱さを振り払おうと肩をすくめた。

幸い体力には恵まれている。睡眠も四時間ほど取れれば、どうということはない。過酷な労働時間と優れた財務能力、さらには持ち前の冷酷さで、キャベンディッシュ・ホールディングズを立ち上げたのはまだ二十代のときだった。スポーツも欠かさず、三十三歳の今も長身でたくましい体つきを保っている。目もとを除けば、若いスポーツ選手に見えるかもしれない。だが、鋭くて隙のない目は、実年齢よりずっと年上の男のものだった。

ジョーダンはマイクを握り、幹部社員への指示を録音し始めた。「ニューヨークのエイダン・ウェンライトを捜し、持ち株を売るように説得しろ。それが成功すればウェンライツ株の九十パーセントを保有でき、法的にカテリックに残りの十パーセントの譲渡を強要できる。もううんざりだとカテリックに伝えろ。そうなったら彼はどうあっても売らざるをえない。買い取り額は今日現在の市場価格。一株あたり、最初にこちらが提示した額より五ペンス安い。それが隠し事をした罰だ。以上」

ジョーダンはマイクを置いて再び目をこすった。勝負に勝ったというのに、なぜこれほど疲労感を覚えるのだろう。アドレナリンで気分がハイになってもおかしくないのに。初めての取り引き以来、成功の果実は、そして、従業員たちを思うがままに動かして敵に恐れられるのは、何より気持ちが奮い立つことだった。今夜のように、気が晴れないのは初めてだ。デスクの電話が鳴り、彼は飛びついた。

「そこにいると思ったわ」

ロレインからだ。ジョーダンはいらだたしげに応じた。「ああ、そうだった。戻ったら電話すると約束していたんだったな」

「そんな約束、あなたが守るなんて思っていないわ、よほどのことがない限り」

ジョーダンは頬を緩めた。これがロレインのいいところだ。二度の離婚で慰謝料をたっぷり手にしていることもあり、彼女は必要以上に求めない。「悪かった」

「シャンパンを冷やしているわ」

腕時計に目をやる。「こっちはあと一時間ほどで終わる。ニューヨークで土産を買ってきたよ」

「まあ」

ロレインの口調には、感謝と誘惑が計算ずくで織り込まれていた。これまで何度も耳にしてきたが、今夜はほかのことと同様、しらけた気分になる。

「何かしら?」甘い声が続ける。

中身は知らない。秘書が買ったものだ。「あとのお楽しみだ」ジョーダンはとっさに言い繕い、再度きかれる前に電話を切った。

引き出しを開けると、そこに小さな包みがあった。ケイト・アダムスは代理で買ったプレゼントをいつもそこに入れてくれる。脇にルビーのブレスレット代と明細が書かれたティファニーの請求書が置いてある。その金額に思わず口笛を鳴らしたが、本気で不満を示したわけではなかった。ロレインがいなければどうなっていたか。裕福になってからというもの、なんとかジョーダンの妻になろうとする企てにさんざん付き合わされてきた。さらにはでっち上げの妊娠にも。ロレインの存在は最適な防御となり、しかも彼女は結婚を迫るようなことはなかった。

　ジョーダンはそれからもう二件、指示を吹き込んだあと、自分に関する新聞記事の校正刷りを取り出した。インタビューの際、気に入らなければ発行前に拒否できるという厳しい条件をつけた。編集者は社のポリシーに反すると抵抗したが、頑として譲らなかった。自分でコントロールできないものに関わるのはジョーダンのポリシーに反した。

　記事はごく一般的な内容だった。とある地方の町の施設で過ごした貧しい少年時代、野望に満ちた経済界の若き風雲児として頭角を現した時代、昼夜を問わない労働、幸運、チャンスを見極める目、財を築いたきっかけ、等々。

　残酷な事実の多くをどうにか隠し通せたことに、ジョーダンは満足した。施設のことは話したものの、〝手に負えない〟からと彼を数週間で施設に戻した里親たちのことは話さなかった。ささやかながらも自分のものと言えるものが持てるようになった頃の気持ちも話さなかった。自分のものだと呼べる者がいなければ、物質をその代わりにするしかない。

　ひとりでいることが重荷でなくなり、そこに解放感を見いだし始めた日のことも話さなかった。誰もぼくに責任を負わなかったのだから、ぼくも誰かに責任を負う必要はないのだ、と気づいた日のことだ。その賢明きわまりない自由を発見し、それがこの先重要な要素になると気づいたのは十四歳のときだった。すでに世界の頂点に立つことに目標を定めていた。その道は予想以上に孤独で、険しくて、危険を伴うものだったが、それでもやり遂げてきた。

そのとき、うっかり口を滑らせた個人的なエピソードが目に留まり、ジョーダンは顔をしかめた。

〝ただ安いからという理由でハンバーガーを食べていたハングリーで痩せた若者は、シャンパンにオイスターという夢を決して忘れなかった〟

なぜ記者にこんなことを話したんだ？　貧しかった当時のことを最近よく思い出すからか？

まだ見習い会計士で、地元の小さな劇場の帳簿を扱っていた頃の話だ。同じように貧しい女優のひとりと、よく一緒にハンバーガーを食べたものだった。カフェで落ち合い、大きなハンバーガーを二人でひとつ買い、最後のオニオンスライスまできちんと半分に分けて。

彼女の名はベロニカ、自分では〝ロニー〟と呼んでいた。少年のような呼び名を使えば、女らしい体の線やハスキーな声を隠せるとでもいうように。彼女を抱きたくて抱きたくて、頭がおかしくなりそうだった。だが、その誘惑を必死に振り払った。キスは何度もした。苦しいほど甘いキスだった。だが興奮した夢の中は別として、それ以上のことは一度もしていない。十七歳という彼女の若さを気遣ってのことだと自分に言い聞かせていたが、本心は違う。不安だったのだ。自分がみじめに感じられて。

おかしな話だが、ここ二週間ほどベロニカのことが思い出されてならなかった。一、二度、車窓から姿まで見えた気がして、自分をたしなめたほどだ。過去は過去だ、と。記事に添えられている写真ももはや〝ハングリーで痩せた若者〟ではない。金と権力がもたらす自信を放出させている男――望むものすべてを手に入れた男だ。

ジョーダンは急に気持ちが落ち着かなくなり、冷たい風にあたりたくなった。書類をデスクの中に戻し、ルビーのブレスレットが入った包みをポケットに押し込む。それから、ガレージ直通の専用エレベーターで下りた。

だが、いざ車のドアを開けようとしたところで、手が止まった。このところ煩わしいほどまつわりつく郷愁が、甘く純粋だった過去を懐かしむ思いが、またもこみ上げる。しかもいつになく、振り払えないほど強力に。ハンバーガーを売っている小さなカフェが二ブロック先にあるぞ、と耳元で心の声がささやく。

ばかばかしい！

感傷的な行動に走ったところで失った自分を取り戻せるわけでもないのに。だがそんなことが頭をよぎっている間にジョーダンは車のキーをポケットに入れ、出口へと歩きだしていた。

店は簡単に見つかった。煌々《こうこう》と明かりがともり、いい匂いとオニオンのはじける陽気な音に満ちている。気分が高揚するのを感じながら、ジョーダンはカウンターに近づいた。

「いちばん大きなハンバーガーを頼む」

背後でドアが開き、閉まった。しかしジョーダンは女性の声が聞こえるまで、そのことを気にも留めなかった。その声は耳に心地よく、笑い声を予感させた。「わたしの分のオニオンもね」

振り返ると、彼女が立っていた。まるで記憶から呼び起こした幻を見ているようだった。彼女は少し大人になり、少しきれいになっていた。

「ロニー」ジョーダンはつぶやき、なぜかこう続けた。「会えると思っていたよ」本心だった。

2

「ロニー」ジョーダンは繰り返し、とっさに彼女の手を握った。「また会えてうれしいよ」

「わたしもよ、ジョーダン」ベロニカは応じながらも、よけいなことは考えてはだめ、と自分に言い聞かせた。彼の歓迎ぶりは意外だった。下手をすれば忘れられているかもしれないと思っていた。気まずい笑みを浮かべるか、ぎりぎり失礼にあたらない早さで逃げだすか。けれど、ジョーダンは今、何かしらの感情がきらめく瞳で彼女をじっと見つめていた。

たちまち、ベロニカは彼のすべてを強烈に意識した。別れたときのあの不器用な若者はもういない。代わりに、権力のオーラとあふれんばかりの魅力を放つ男性がいた。何かが喉につかえ、なかなか次の言葉が出てこなかった。「ずいぶん久しぶりね」

「十年近くになるかな。だが、どこで会ってもきみだとわかったと思う。それにしても偶然だ――」

カウンターの奥の男がジョーダンのハンバーガーを差し出し、話を遮った。

「もうひとつ頼む」ジョーダンはすぐさま言った。「チーズとオニオンがたっぷりの特大サイズだ」

彼がベロニカに向かって眉を上げ、昔を思い返していることを示した。ベロニカは声をあげて笑ったが、彼が自分の好みを覚えていたことでますます落ち着かなくなった。追加のハンガーガーを受け取るとジョーダンは彼女を隅のテーブルへと促した。腰を下ろすと、二人は改めて照れ笑いを浮かべた。

「まさかこんなことがあるとはね」

「でもあなたはさっき、会えると思っていたって。わたしには意味がわからなかったけど」

「それはぼくも同じだ。しかしまあ、潜在意識でまた会いたいと思っていた――そんなところだろう」

ベロニカはまたジョーダンの奇妙なまなざしに気づいた。安堵《あんど》かしら？　理由はわからないが、彼はわたしに会いたがっていたらしい。そして会えないかもしれないと恐れていた。ベロニカは気が重くなった。慎重に仕組んだ再会だけに、無邪気に喜ぶ彼を見ていると後ろめたい。しかし、良心の呵責《かしゃく》を覚えている場合ではない。娘の命がかかっている。

「どう思う、ロニー？」ジョーダンが続けた。「実は最近きみのことをよく思い出していたんだ。そうしたらほら、本物が現れた。あの頃と同じ姿で」

「十年もたったのに？」

「ほとんど変わっていない」ジョーダンはかつてのまだ幼さの残る少女と、今目の前にいる落ち着いた女性とのわずかな違いを特定しようと目を凝らした。だが、事実と数字が関わればどこまでも鋭いジョーダンの頭脳も、人に対しては切れ味が鈍る。「同じ、いやそれ以上だ」どうにか言い終える。

「あなたもよ」ベロニカはにっこり笑った。「昔、話してくれたとおりになったわね。実業家ジョーダン・キャベンディッシュの記事はいつも読んでいるわ。会議室でもっとも恐れられている男」

ジョーダンは顔をしかめた。「マスコミはいい加減だからな」

「謙遜しないで。恐れられるのも金融帝国を支配するのも、どちらもあなたが望んでいたことだわ」

「で、きみはぼくの野望をよしとしていなかった」

ベロニカが笑った。ジョーダンの耳に、その声はめまいがするほど豊かで心地よく響いた。

「わたしがどう思うかなんて気にしていなかったくせに。それにあなたは正しかった。望むものすべてを手に入れたんだから」

今夜二度目だ。どうもこのフレーズは居心地が悪い。「望むものすべてを手に入れる者なんていないよ」ジョーダンはぽつりと言った。

「どこかの怖いもの知らずが抵抗しているの？」

「この話はここまでだ。きみと付き合っていた頃のぼくはしがない見習い会計士で、きみは売れない女優で、いつも互いに励まし合ったものだった。今夜はやけにその頃のことが思い出されてね。だからここへ足が向いたんだ。そうしたら突然きみが現れた。運命的なものを感じる」

「運命なんて曖昧なものを信じるの？」彼女はわざと言った。「やめて、昔のイメージが台無しよ」

ジョーダンはわずかに頬を染めた。「今夜ならなんだって信じられる気がする」笑みが彼の表情を変えた。「運命なら、これほどうれしいことはない。ロニー……」ジョーダンはテーブルの上で手を伸ばし、彼女の手を取った。

この瞬間を待ち望んでジョーダンを見張ってきたことを思うと、ベロニカは罪悪感に駆られた。ジョーダンに関する記事を読みあさり、彼がプライバシーを厳重に守っていることを知った。独身で、社交の場にもめったに姿を現さない。ごくまれに公の場に出席するときには、いつもロレイン・ハスラムという、黒っぽい髪の垢抜《あかぬ》けた美女を伴っている。新聞では彼女のことを〝いつものお相手〟と評していた。彼女自身もちょっとしたセレブだ。一度テレビで見かけたことがあるが、その甘ったるい声が苦手で、ベロニカはどうしても好きになれなかった。

ジョーダンの秘書に電話で面会を申し込むのも、気が進まなかった。誰にも邪魔されずに会いたかった。そうなると不意打ちしかない。手を尽くしてもジョーダンの住所はわからず、彼のオフィスのあるビルを見張るしかなかった。二度ほど、シルバーのロールスロイスに乗った彼からすれ違いざま視線を向けられたこともある。けれどその目はどこか上の空で、ベロニカに気づいた様子はなかった。そして今夜、ついにジョーダンが徒歩で出てきた。ベロニカは一定の距離を保ってあとを追い、偶然を装って店内に入り込んだのだ。

だが、ここにきて調子がおかしくなった。かつて親しかった頃ですら、彼には非情さの片鱗《へんりん》がうかがえた。しかも最近の成功ぶりは、彼が時を経てますます冷酷になっていることを証明している。ベロニカが戦略を練ってきた相手はそういう男なのだ。なのに、再会を喜ぶジョーダンの姿は、彼の自信の奥にある繊細さを思い出させた。彼女がかつて愛した繊細さを。

「たしか運命の話は以前にもしたわね」ベロニカは言った。「運命は最初から定められているって、わたしが言ったの。そうしたらあなたは、どこまでセンチなんだってあきれて。そして言ったわ。ぼくなら〝運命〟を両手で丸めて好きな形に変えてやるって。そして実践した」

ジョーダンはうなずいた。我が意志はまさに金床だ。その上で自分の人生を打ちつけ、たたきつけて、望みどおりの形に変えてきた。しかし今、ベロニカの視線にジョーダンは喪失感を覚えていた。

「おいしかった」ベロニカはハンバーガーを食べ終えて言った。

ジョーダンはすぐにカウンターに合図を送った。

「もうひとつ食べたいっていう意味じゃなかったのに」二つ目のハンバーガーを前にベロニカは言った。

「前はそういう意味だっただろう?」ジョーダンがいたずらっ子のような笑みを向ける。

「ええ、そうだった」こんな些細《ささい》なことも楽しむ彼の姿に、ベロニカはますます気が重くなった。「お金がないときには、あなたは自分のを分けてくれた。いつだってこんなにって思うほどたっぷり」

「それがきみの唯一の食事かなと思ってね。知り合ってから、きみは痩せていく一方だった」

出会った頃の彼女は幼さの残るふっくらとした体型をしていた。だが数週間もすると顔だちが鋭くなり、ウエストも絞り込まれた。あの数週間、今と同じようにベロニカの向かいに座り、いとおしい彼女の姿にジョーダンは魅せられていた。服を脱いだ姿を切なく思い描きながら。

ジョーダンは今も同じことをしている自分に気づいて照れくさくなったが、やめられなかった。ベロニカは少し痩せ、以前にはなかった優雅さも身につけていた。かつては楽しくてしかたなさそうだった瞳に、笑みでも隠しきれない悲しげな表情が浮かんでいる。いったいここに来るまで彼女の人生に何があったのだろう。これから時間をかけて知っていこうとジョーダンは思った。ベロニカは温かくて明るい。彼はどちらにも久しく触れていなかった。

「出ようか」ベロニカが食べ終わるのを待ってジョーダンは言った。そして外に出るなり、ベロニカの肩に腕をまわした。「きみのことを教えてくれないか。まだ女優を続けているのか?」

「少しは。でもジュリエットにもオフィーリアにもなれなかった」ベロニカはため息をついた。「才能がなかったのね。今は写真のモデルが大半」

「それがきみの夢だったね」ジョーダンの脳裏に記憶がよみがえった。「それがきみの目標だった」

「ええ。現実はかけ離れちゃったけれど」

ジョーダンはしげしげとベロニカを眺めた。「もうどうでもいいって感じの言い方だな」

「そうね……」ベロニカはにっこりほほ笑んだ。その表情にはどこか嫉妬をかき立てるものがあった。

「もっと大切なものが見つかったとか?」

ベロニカは娘の顔を思い浮かべた。個性豊かな幼い娘はジョーダンの子供だけれど、あまり似ていない。ときおり目に浮かべる、この世の中を解き明かそうとするような表情以外は。「ええ」ベロニカは答えた。「もっと大切なものを見つけたの」

「愛する人って言うんじゃないだろうね」ジョーダンは軽く冗談めかしながらも、内心では息を殺して返事を待った。

「ある意味、そうね」

「聞かせてくれ」ジョーダンは声にいつもの傲慢さをにじませた。だがベロニカが無言で首を横に振るのを見て、ここは慎重に出るべきだと悟った。彼女の左手を取り、薬指に指輪がないのを確かめる。

「いいえ、結婚はしていないわ」問いかけるような彼の視線に、ベロニカは答えた。

「ぼくもだ」

「そのようね」ベロニカは反射的につぶやき、しばらくして目を上げてジョーダンのかすかな驚きを受けとめた。「あなたのことは新聞を読めばわかるから」少し早口で言い添える。「昔よく二人で、結婚はしないという話をしたわよね。結婚よりキャリアが優先だって。だから〝互いを誘惑から守る〟ために行動を共にするようになった。覚えている？」

「もちろん」ジョーダンはにやりとした。ぼくがそんな相互防衛協定を申し出たのはベロニカへの好意を言い出せなかったからだ、と今この場で告白したら、彼女はどんな反応を示すだろう?

二人はそのままテムズ川の北岸に向かい、黒く輝く川沿いを歩いた。水面に町明かりが反射してきらめき、向こう岸にはさらに多くの明かりがまるで糸に通されたビーズのように連なっている。一隻のクルーザーが歓声をあげる人たちを大勢乗せて通り過ぎたとき、ジョーダンはベロニカの肩を引き寄せた。

「こうやってきみがいるのが現実だと確信しておかないと、この前みたいに消えてしまいそうだ」

「この前?」

「おかしいと思われそうだが、この前から一、二度、きみを見かけた気がしてね。けれど、振り返ったらいなくなっていた。夢を見たんだと思っていたよ。だが今夜……」ジョーダンの声にはベロニカの鼓動を速くさせる響きがあった。「夢が現実になった」

つまり、ジョーダンはわたしの存在に気づいていたのね。確信はなくても。少なくともこの件については正直に言える。「最近この辺りに越してきたから、本当に見かけたのかもしれないわ」ベロニカは言った。「不思議なことでもなんでもないわ」

だがジョーダンは、以前なら飛びついたはずの退屈な説明を拒絶した。長年心を覆っていた固い殻にようやくひび割れが生じたのだ。今さら食い止めたくない。運命が再びチャンスをくれたのだ。こんな自分の人生でも、まだすばらしい愛が手に入る可能性があるのだと信じたかった。「いや、奇跡だよ」

「ジョーダンったら、いったいどうしたの？　昔なら、偶然だってただ喜んだだけだったのに」

「変わるときが来たのさ。現実的すぎるのも男にはよくない」ジョーダンはベロニカを木陰に連れ込んだ。「ほんの少しの奇跡が必要なんだ」穏やかに続ける。「そしてぼくの知る唯一の奇跡がきみだ。きみがいなくなってから、ぼくに奇跡はなくなった」

体の奥からほとばしる感情にジョーダンはめまいを感じた。そしてそれが何かわからないまま、唇を寄せていた。

ベロニカは自分が感情の波に流されていくのを驚きの思いで受けとめていた。ジョーダンの唇が触れた瞬間、心臓が大きく打ち、やがて全身を弾ませるほどに響きだす。最初は少年のようにためらいがちに反応を待っていたジョーダンのキスが、腕の中でベロニカがとろけだしたとたん性急さを増した。腕が所有権を主張し、口は募る情熱を物語っている。

こんなつもりじゃなかったのに。ベロニカは心の奥で叫んだ。それでも数秒後には彼の首にしがみつき、熱心にキスに応えていた。かつて愛した男性が目の前にいた。時間が巻き戻されたようだ。手を取り合って世間の荒波を乗り越えようとしていた頃に戻った気がした。今ようやく、彼がいなくて自分がどんなに寂しかったかに気づいた。そしてこうしてまた彼の腕の中に戻れてどんなにうれしいかも。

ジョーダンが唇を離し、二人は互いに衝撃の面持ちで見つめ合った。

「もう一度きみにキスをしたいと念じていた」彼は震える声で言った。「ずっと自分の人生には何かが欠けていると思っていたんだ。何かわからずにいたが、最初からきみだったに違いない」ジョーダンは再びベロニカを抱き寄せ、情熱的にキスをした。

「ああ……」ベロニカは吐息をもらした。「でも、ジョーダン、なんだかあまりに急すぎて」

「これがあるべき形なんだ。だから今夜きみはぼくのもとに戻ってきた。ぼくがいたカフェに偶然入ってきたこともそう。最近きみのことが頭を離れなかったことも。こうなる運命だった。単純な話さ」

「ジョーダン、物事はそう単純じゃないの」ベロニカは慌てて切りだした。

「いや、肝心なことは単純なものだ。ぼくたちは本当の意味では別れていなかった――互いの心の中に住み続けていた。きみもそう思うだろう?」

「ええ、もちろん」ベロニカは喜びがこみ上げるのを感じながら彼を抱きしめた。ジョーダンの言うとおりだ。きっかけはともかく、互いへの気持ちを再発見できた今なら、こうするしかなかった理由も説明しやすくなる。きっと何もかもうまくいく。

頭上でビッグベンが鐘を鳴らした。ジョーダンは腕時計に視線を落として驚いた。ロレインとの約束の時刻はとっくに過ぎている。ベロニカといると何もかも忘れてしまう。ポケットのブレスレットの重みが、愛のないキスを交わしてきた年月を思い出させた。意味のない軽いキス。魂の奥底まで揺さぶる、春と野花の香りがする女性と交わすキスとは雲泥の差だ。これほど幸せな気分を味わうのは何年ぶりだろう。

「時間なんかどうでもいい。やっと再会できたんだ。もう二度ときみに離れてほしくない」

「わたしに……離れて？　離れていったのはあなたのほうでしょう、ジョーダン」

「それはぼくの認識とは違う。でもまあ、いい。こうして再会できたんだ。今度は完璧にやろう、ベロニカ。いや、言わなくてもわかっている」ジョーダンは口を開こうとしたベロニカを制した。「確かに急ぎすぎだ。だが、いったんこうと決めたら、ぼくがどうするか覚えているだろう？」

「ええ、まあ」ベロニカは曖昧な笑い声をあげた。

「しかも互いに求めているとしたら……ああ、頼む、ぼくの思い違いじゃないと言ってくれ」

「それはそうだけど」ベロニカはジョーダンのあまりに向こう見ずな迫り方に動揺し、思わず身を離した。「ひとつ話しておくことがあるの。うちに来てもらっていいかしら？　そうすればわかるから」

「いいよ、行こう」ジョーダンはベロニカの顔を両手で包んだ。「きみが求めるならどこへでも行く。生まれてこのかた、心から信頼できたのはきみだけだ」いや、この気持ちはそんな言葉ではとうてい言い表せない。きみのおかげで不毛の砂漠に花が咲いた、くらい巧みなことが言えたらどんなにいいか。だが時間はこの先たっぷりある。そのうちベロニカにも伝えられるだろう。言葉でなければ行動で。

二人はジョーダンの車でベロニカのアパートメントに向かった。エレベーターでは手をつなぎ、互いにほほ笑み合っていた。だが、ベロニカの心臓は不安と喜びで複雑な音をたてていた。

部屋に入ったところでジョーダンが再び抱き寄せようとすると、ベロニカはそっとその手を払いのけた。「少しここで待っていて」

なぜかベロニカはまた玄関を出て、エレベーターで上階に向かった。ひとり残されたジョーダンは、ベロニカの部屋の中を見まわした。部屋の印象もコートと同じだった。実用になんら差し障りはないが、彼女にふさわしいものではない。これからはふんだんに美しいものを彼女に与えよう。それを思うと楽しくなり、ジョーダンの頬はおのずと緩んだ。

部屋の外でエレベーターが戻った音が聞こえ、ジョーダンは玄関まで迎えに出た。ドアが開くと、ベロニカと一緒に幼い少女が立っていた。パジャマにローブ姿で、寝起きの顔だ。ベロニカはその娘を部屋の中へと促した。「ジョーダン、わたしの娘よ」

少女はにこりともせずに手をジョーダンに差し出し、じっと見つめた。

「こんばんは」彼は少女の手を握った。「ジョーダンだ」

「わたしはホリー。はじめまして」

感じのいい子だと思った。子供は得意じゃないが、この生真面目な妖精のような雰囲気は悪くない。子供らしくなくて、まるで世を悟った老女のようだ。

「何か飲んでいい、ママ?」ホリーは尋ねた。

「もちろんよ。ホットミルクを作ってあげるわね。そのあとベッドに入りなさい」ベロニカはジョーダンに目を向けた。「留守にするときは上の階の人に預かってもらっているの」

ベロニカが小さなキッチンに向かうと、ホリーはソファに近づいて腰を下ろした。動作がいやにおっとりとしていて子供らしくない気がしたが、きっとまだ寝ぼけているせいだろうとジョーダンは思った。しかしそのわりには青白い顔に知性がきらめいている。ジョーダンは母親似の美しさを探そうと少女の顔をまじまじと見た。しかし、ベロニカに似ているのは口角の上がった口元だけだった。

ホリーは本棚に歩み寄ると、本を一冊手に取ってすばやくローブの下に隠した。顔を上げ、ジョーダンが見ていたことに気づいて自分の唇に指を立てる。その目には大人っぽいきらめきがあった。

「わかった、内緒だ」ジョーダンは約束した。「全部、きみのかな?」本棚を示して尋ねると、ホリーがうなずく。「どういうのが好きなのかな?」

「ミステリーとか」ホリーは答えた。「スパイものとか。おもしろければ、ミステリーかな」

「どういうのをおもしろいと思うんだい？」

「気がきいていて、複雑なやつ。二章あたりで誰が犯人かわかっちゃったら意味ないでしょ」

「言えてる」ジョーダンは感心してうなずいた。こんな幼い子供が選ぶ本としては意外な気がした。

「はい、どうぞ」

ベロニカがキッチンからホットミルクの入ったマグを手に戻ってきた。ホリーがそれを受け取り、背伸びをして母親にキスをする。

「寝室に行く前に、ローブの下に隠しているものを出しなさい」

ホリーはため息をついて母親に本を渡したあとでジョーダンに言った。「おやすみなさい」

彼はにやりとした。「おやすみ。この次はうまくいくといいね」

「だめよ。絶対うまくいかない」ホリーは母親をにらみ、ため息をついた。「ときどきＣＩＡの人と住んでる気がするくらい」

ジョーダンは巧妙に手で口元を隠し、二人きりになるまでベロニカの視線を避けた。

「あの子、本当に第二章で犯人がわかるのかな？」

「たいていはね。びっくりするくらい頭がいいの。四歳でちゃんと文字が読めるようになったわ」

「感じのいい子だ」

ベロニカは深く息を吸った。「そう思ってくれてよかったわ、ジョーダン。ホリーはあなたの子よ」

わけがわからずジョーダンは顔をしかめた。「父親のような存在になってくれということか？」

「いいえ、あなたが父親だと言っているの」

ジョーダンは凍りついた。唯一の反応はわずかに細められた目だけだ。「どういうことだ？」

「ホリーはあなたの娘よ。わたしたちが別れてまもなく生まれたの」

ジョーダンは立ち上がってベロニカを見つめた。幻滅で心が麻痺《まひ》していることなど、みじんもうかがわせない無表情な目で。「話というのはそれか」

「今さらよね。でも、これには理由が――」

「言わなくてもわかる」ジョーダンは落ち着いた声で遮った。「今になってあの子を持ち出す理由も。もう慣れっこだ。こんな浅ましい状況には」

最後の言葉ににじむ強い侮蔑にベロニカは息をのんだ。彼の落ち着きは単に驚いたせいだと思いたかったが、どうやらもっと危険なものらしい。「ジョーダン、驚くのはわかるけれど――」

「まさかこんなこととはな、ベロニカ」ジョーダンは冷ややかにほほ笑んだ。「残念だよ。きみのことをこんなふうには思いたくなかったのに」

「せめて話を聞いて――」

「もう充分に聞いたじゃないか」ジョーダンは穏やかに応じた。「たいしたものだよ、ベロニカ。賞賛に値する。男だろうが女だろうが、ぼくをここまで思いどおりに操った者はそうはいない」

「どうしてそんなことを?」

「とぼけるな、ベロニカ! 今夜の出会いが偶然だったと言えるのか?」

「いいえ」ベロニカは認めた。「あなたを尾行してあの店に入ったわ」

ジョーダンは目の前の霧が晴れた気がした。「尾行した」ジョーダンは繰り返した。「何日もずっとか? ということは、きみを見かけた気がしたのも、思い過ごしでなかったわけだ」

「あなたがひとりになるときを待っていたの。大事なことだから。お願い、ジョーダン――」

ジョーダンは半ば独り言のように続けた。「で、今夜ぼくがあのカフェに入ったときも数歩後ろにいて、頃合いを見計らって……」鋭く息を吸う。「ぼくを罠《わな》にかけた。今夜のことはすべてきみが仕組んだわけか。そういえば、ぼくのことを新聞で読んだとかなんとか言っていたな。つまり、あとを追う価値のある男かどうか調べたわけだ。結婚していないこともちろん調査済みだろう」

「違うの、そんなんじゃないの」ベロニカは叫んだ。

「だが、すでに認めたじゃないか。何日もぼくのあとをつけて、ひとりになる瞬間を狙っていたんだろう? できるだけ話を優位に進めるために。しかしいくらなんでもこれはやりすぎだ、ベロニカ。せめて相手は寝たことのある男にしないと」

「でも、わたしたち――」

「ぼくはきみを抱いたことはない。いくら時間がたっても、それくらいは覚えている。ぼくの記憶が曖昧なのを期待したんだろうが、あいにくあの頃のぼくは気がどうかしそうなほどきみを抱きたくてたまらなかった。明けても暮れてもきみを抱くことばかり考えていた。目の前に仕事があるときでさえ、きみのことが頭から離れなかった」

「だからわたしと縁を切ったのね」ベロニカは吐き捨てるように言った。「出世の邪魔になるから」

彼はうんざりしたように手を振った。「だとしたら、どうだというんだ? ぼくたちは別れた。体の関係がなかったことははっきり記憶している。もしあったら……」ジョーダンはそこで言葉を切った。もしあったら、忘れるはずがない。だがそんなこと、彼女の前では口に出せない。

事実上、ジョーダンの心はショック状態に陥っていた。思いがけず飛来したベロニカの爆弾に吹き飛ばされ、数年ぶりに防御を解いた心が粉々に砕かれたのだ。衝撃で一時的には気持ちも麻痺していたが、今はその効果も薄れつつある。ジョーダンは目の前の女性を見つめた。自分が敬愛しかけたとたん、安っぽい策略家の尻尾を出した女性を。ひょっとしてと思い描いた夢は、金をせしめるための謀略だった。胸が痛い。あまりに痛くて息が苦しいほどだ。ジョーダンは立っていられず、炉棚をつかんだ。

「なのに、今頃になって」ジョーダンはなんとか言葉を継いだ。「ぼくに似てもいない少女を連れてきて、ぼくの子だと言う。そんな話に引っかかる愚か者がいると思うか？ どんなに愚かな男でも……」ジョーダンは目を閉じた。声がかすれる。「いったいどうしてこんなことを企《たくら》んだんだ？」

ベロニカは驚いてジョーダンに手を伸ばした。だが手が触れる前に、彼の顔は険しさを取り戻していた。再び目を開いたとき、彼の顔からはつかの間の弱さが消え、石のように硬い表情があるだけだった。

「ぼくは一ペニーたりとも払うつもりはない」ジョーダンは言い放った。「あの子はぼくの子供じゃない。それはきみもわかっているはずだ」

　ドアの開く音が二人を振り返らせた。悪くはないが平凡すぎる顔だちの三十代後半とおぼしき男が、ベロニカの寝室から現れた。

「責任というのはそう簡単に逃れられるものじゃない」男が言った。

「デレク……ここで何をしているの？」

「ひょっとしてぼくの力が必要になるんじゃないかと思ってね。思ったとおりだった。きみに彼の相手は無理だ。ここはぼくに任せたほうがいい」

「きみはここまで身を落としたのか！」ジョーダンは冷たい視線をベロニカに浴びせた。

「ぼくが認めた場合に備え、目撃者まで用意していたとは」

「デレクが来ていたなんて、わたしは知らなかったわ」ベロニカは主張した。

「じゃあ誰が彼をここに入れた？　壁をすり抜けて入ってきたのか？　まあいい。きみたちが何を企てていたにせよ、失敗したことに変わりない。これ以上何かしたら、あとで悔やむ羽目になるぞ」

「まあ、そう性急に答えは出さずに」

　デレクはドアの前に立ちはだかったが、ジョーダンは目もくれずに彼を押しのけた。

「ジョーダン、待って」ベロニカが叫んだ。

　玄関ドアの前で彼は振り返った。「二度と連絡しないでくれ、ベロニカ。手紙も、電話も。今夜のことは早く忘れたい。それがお互いのためだ」

最後に憎しみに満ちた顔をベロニカに向けて、ジョーダンはドアを閉めた。

3

ケイト・アダムスはジョーダン・キャベンディッシュのオフィスを出ると、そっとドアを閉めた。第二秘書のブレンダが顔を上げて同情する。

「その様子じゃ、まだ機嫌は直っていないのね?」

ケイトはため息をついた。五十代のおおらかな女性で、これまではジョーダンが怒りでおかしくなっているときでも上機嫌のときとなんら変わりなく仕事をこなしてきた。しかもきわめて手際よく。そんな彼女ですら、近頃は腫れ物に触るようにボスに接していた。

「もうひどくなる一方よ」ケイトは沈んだ声で答えた。「最悪って言うほうがしっくりするくらい」

「例のウェンライトの件でニューヨークに行ってからよね」ブレンダが記憶をたどって言った。「でもあの件はうまくいったんじゃなかった?」

「そうよ。だけど、機嫌が悪くなったのは間違いなくあのあとからね」

ジョーダン・キャベンディッシュは、スタッフの噂話《うわさばなし》に気づいていた。だが、好きに言わせておけばいいと思った。本当のことなど、どのみち誰にもわかるはずがない。

　自分があんなにも簡単に引っかかったことにショックを受けていた。あのノスタルジックな気分も、自分をつけまわすベロニカの姿を無意識に見ていたせいなのはわかっている。その姿が潜在意識を刺激し、ぼくを過去に執着させたのだ。なのにあの再会を運命だなどと思うとは。思い出しても腹が立つ！

　ベロニカの部屋で発揮した抑制力はどうにか自宅までは持続した。もう終わったことだと自分に言い聞かせた。それでも目を閉じれば、ベロニカの優しく魅力的な笑顔がまぶたに浮かんだ。

　ほんの数時間だが、不毛なこの暮らしが変わるかもしれないと夢を見たのだ。なのに、すべては仕組まれたことだった。誘惑し、ぼくの反応をうかがっていたのだ。ベロニカに自分が告げた言葉を思い出したとき、ついに抑制力は途切れ、小さなテーブルに拳を打ちつけてガラスの表面を粉々に砕いていた。

　それから数週間が過ぎた今も、まだ胸の痛みと混乱はおさまらなかった。悲しくてしかたがない。夢が消えただけでなく、遠い昔の甘い思い出まで失ったのだ。こうなって初めて、あの思い出がどれだけ貴重なものだったか気づかされた。

　オフィスで自分がまたも取り留めのない思考にふけっていることに気づき、ジョーダンは我に返った。

すでに薄闇が迫っていた。大きなガラス窓から差し込む午後の陽光がまぶしくてブラインドを下ろしたのだが、いつしか日は傾いている。窓辺に近づき、ブラインドのコードを引いたところで、ふと向かいのビルが目に入った。男たちが巨大なポスターを設置していた。とたんにジョーダンは凍りついた。

ちょうどポスターの設置が終わったところだった。〝イゼベルだけで完璧〟というキャッチコピーで後ろ向きに横たわる裸の女性。ポーズは奥ゆかしいと言っていい。見せているのはなめらかで美しいヒップだけだ。あとはすべてひねった体の裏側に隠れ、片方のバストだけがわずかに豊かさをうかがわせている。赤みがかった金色の髪に縁取られた顔には、男をおかしくさせるわずかに刺激的な笑みが浮かんでいた。

ブラインドが窓を打ちつける音でジョーダンは我に返った。唇を引き結んでベロニカの顔を、そして美しい体を見つめる。かつてあれほど手に入れたくてたまらず、それでも目にすることさえかなわなかった体。それが今、高さ十二メートルの場所で公衆の目にさらされている。ジョーダンは怒りと苦悩に打ちのめされ、声を限りに叫びたくなった。

だが、こらえた。感情的になるのは弱者だ。ジョーダン・キャベンディッシュは実行するのみだ。

ベロニカの心に数カ月ぶりに希望の火がともった。イゼベルの広告第一弾の報酬がよかったただけでなく、香水の売り上げ次第では長期契約も見込めるのだ。銀行の担当者も、その契約なら充分に大型融資の担保になると笑顔で同意してくれた。

カメラマンはこの写真は自身の最高傑作だと太鼓判を押した。関係者も写真のインパクトに興奮しているとサリーがわざわざ電話で知らせてきた。これできっとホリーも助かる、とベロニカは確信した。

ジョージダンに娘のことを話した夜にデレクがタイミング悪く介入した件も水に流した。直後は怒りでおかしくなったが、よくよく考えてみれば、彼の出現で影響があったとも思えない。ジョージダンは最初からホリーを受け入れる気など毛頭なかったのだから。

それに、できるものならお金は自分で用意したい。たとえ人前で裸をさらすことになったとしても。このことを打ち明けたとき、デレクは多少青ざめたけれど、それでもすぐにもう一度プロポーズして、気持ちは変わらないことを示してくれた。それが彼の優しくて誠実なところだ。イエスと答えられたらどんなにいいか。最近まではそうするつもりだった。デレクがあまりに親切で善人だから。ところが、ジョージダンのキスと自身の強烈な反応が、今も鮮明に心に残っていた。結論を出す前にその亡霊を追い払うのがデレクへの礼儀というものだろう。

それでもジョージダンの亡霊はなかなか消えてくれなかった。いつまでも取りついて、彼を欺いて傷つけたことを思い出させた。こちらがしたことに気づいたときの、あの幻滅とむなしさに満ちた顔を記憶から消せたらどんなに気が楽になるか。ホリーの命が最優先でほかのことは心にかける余裕もなかったけれど、できるものならジョーダンに謝りたかった。

そんなある日の朝、受話器を取って相手がサリーだとわかるなり、胸が弾んだ。けれどサリーの第一声にベロニカは打ちのめされた。

「ロニー、わたしもわけがわからないんだけど」

ベロニカは受話器を握りしめた。「何？」

「イゼベルがもうあなたを使わないと言ってきたの。宣伝自体、上層部が中止にしたみたい」

絶望がベロニカの胸に押し寄せた。ここまで来て、まさか。「どうして？」震える声で尋ねる。「担当者は気に入っていたはずよ。商品の人気も上向いていると聞いたわ」

「担当者は今だって気に入っているわ」サリーが言った。「彼の判断じゃないの。数日前に会社自体が買収されたのよ。で、ジョーダン・キャベンディッシュが最初に手をつけたのがあなたを切ること」

受話器を持つ手に力がこもった。「今、ジョーダン・キャベンディッシュって言った？」

「イゼベルはキャベンディッシュ・ホールディングズに吸収されたわ。わけがわからない。化粧品業界に興味があるなんて、聞いたこともなかったのに」

「わたしにはわかる」ベロニカはつぶやいた。

「何か言った？」

「ううん、何も」慌てて取り繕う。ホリーの父親と連絡を取る件はサリーにも話したが、ジョーダンの名は伏せていた。「知らせてくれてありがとう」

ベロニカは電話を切ると、放心状態で座りこんだ。ジョーダンが非情な人だとはわかっていた。でもまさか個人的な復讐《ふくしゅう》で、ここまでするなんて。

ベロニカは突如バッグをつかんで、エレベーターに向かった。通りでタクシーをつかまえて運転手にジョーダンのオフィスの住所を告げる。会うしかなかった。たとえ行く手を阻む秘書軍団をなぎ倒してでも。絶望が激しい怒りへと変わり、今のベロニカはまさに危機に瀕《ひん》した子を守る雌虎と化していた。

オフィスビルに着くやベロニカはタクシーを飛び降り、受付には目もくれずにエレベーターに向かった。壁のオフィスのリストを見て、五階を押す。そしてオフィスに着くなり、表に彼の名の掛かった個室を目指した。灰色の髪の女性が立ちはだかる。

「お名前をおうかがいしてよろしいですか？」

ベロニカは名乗って身構えた。だがその女性はただジョーダンの部屋のドアを開けて、こう告げた。

「いらっしゃいました」

ジョーダンが二人だけにしてくれと命じるのが聞こえ、やがてベロニカは部屋に通された。

「来ると思っていたよ」ジョーダンは言った。

「この執念深いろくでなし！」彼女は唐突に罵った。

ジョーダンは青ざめた。「互いにあだ名で呼び合うというなら、ぼくもそれなりに考えるが？」

「わたしは悪意で人から仕事を取り上げたりしないわ。あなたは忘れたでしょうけど、ジョーダン、わたしたちは生きるために必死で働いているの」

「前にきみから見せてもらったよ」ジョーダンは冷ややかに告げた。「嘘《うそ》をつくほどの必死さをね」

「わたしは嘘なんて――」

「また話を蒸し返すのか。きみは山のように嘘をついた。それがうまくいかないとなると、今度は自分をさらけ出したわけだ。ほら……」ジョーダンは窓の向こうの広告用掲示板を示した。男が二人、ポスターをはがしている。「もう少しで顔を上げるたびに、きみの姿を見なくてはならないところだった」ジョーダンは淡々と告げた。

「だから偉大なジョーダン・キャベンディッシュは何百万ドルも使ってわたしを切らせたわけ？　なんてすばらしいのかしら。他人の暮らしを壊すことなんてこれっぽっちも考えないで」

「芝居がかった言い方はよせ」ジョーダンは言い放った。「すぐにまた次の犠牲者を見つけるくせに」

「犠牲者になるのはホリーよ」ベロニカは声を張り上げた。「あのお金があればあの子の命を救えたの。でも、そんなこと、あなたには関係なかったわね。貸借対照表で、子供の命はどれだけの比重を占めるのかしら？　でも、これだけは覚えておいて。もしホリーがあなたのせいで死んだら、生まれてきたことを後悔させてやるから」

「いったいなんのことだ？」

「あなたの娘のことよ。命が危ないの」

「また何か企《たくら》んでいるのか？　あの子は元気そうだった」そう言いながらも、ホリーの子供らしくない緩慢な動作を思い出し、一抹の不安を覚えた。

「重い心臓病なの。少しずつ死に向かっているわ」ベロニカは語気を強めた。「手術が必要なのよ。でも、わたしたちには医療保険がない」

「その手の病気に医療保険は必要ないはずだ。緊急の場合は国家医療が対応することになっている」

「でも、ホリーの場合は緊急扱いされないのよ」ベロニカの声に絶望がにじんだ。

ジョーダンが見つめた。「ありえない」

「ええ。でも医師の話では、順番待ちが多くて、緊急と見なされるのは今すぐ手当てをしなければ亡くなるという場合だけなの。ホリーは数カ月先になると。つまり死ぬほど弱らないと緊急とは見なされない。でもそれじゃあ手遅れになるかもしれないわ。もう半年も待ったのよ。医師は安静にしていればまだ大丈夫だと言うけれど、あの子は日に日に弱っている。もう個人で手術を受けるしかないの。でも、それには三万ポンドもかかる」

最後の言葉で声が割れ、ベロニカは必死に感情を抑えた。そしてどうにか気持ちをしずめて顔を上げると、ジョーダンがそばにいて、眉をひそめていた。

「なるほど」考え込むように言った。「だとすれば、きみが金を得るのに躍起になるのも無理はない。だがどうして直接ぼくのところに来なかった？　かつては……好意を抱き合った仲だ。古い友人として助けを求めればよかった。そうだろう？　こんなふうにぼくをだます必要はどこにもない」

「だましてなんかいないわ」彼女は語気を強めた。

「だましたじゃないか、証人まで仕立て、完璧に。たぶんマスコミか何かだろう。あるいは弁護士か」

「デレクは偶然にも弁護士だけど、個人的な友人よ。それにわたしは彼がいるなんて知らなかった」

「それはおかしい。部屋の中にいたのに」

「デレクは鍵を持っているの」

沈黙が流れた。「なるほど。そういう関係か」

「あなたが想像しているようなことじゃないわ……彼が結婚を望んでいるのは確かだけれど。でも鍵を持っているのは、わたしが留守のとき、ときどきホリーの様子を見に来てくれているから。親切な人なの。ホリーもすごくなついているし」

「しかも、きみに好意を持っているんだろう？　だったら、その男が金を作ればいいだろう」

「そんな大金は無理よ。それに、彼はホリーの父親じゃない――あなたなんだから」

「だったら、どうして半年前に来なかった？」

「今さら言ってもしかたがないでしょう！」ベロニカは叫んだ。「そのときはよいオファーが二件、舞い込んでいたの。でも、片方はだめで、もうひとつは希望するだけの報酬じゃなかった。手を尽くして、最後の最後にあなたのところに――」

「わかった」ジョーダンは言った。「自分がその立場にあるとは思わないが、話は筋が通っている」

「あなたを説得するのが難しいのはわかっていたわ。だからすぐには来られなかった。でも、ここまで耳を貸そうとしないとは思わなかったわ」

「説得するのが難しいとはわかっていた、か」ジョーダンは繰り返した。「だからあんな猿芝居を打ったわけだ。男を誘惑して欲望で頭をおかしくさせれば、なんでも信じこませることができる。抱いたこともない女の産んだ子が自分の子だということも」

「抱いたわ」ベロニカはかっとなって言い返した。

ジョーダンは低くうなった。「ベロニカ、よしてくれ。もしそうなら、忘れるわけがない」

「あのときの状態では無理もないわね。あなたは試験中だった。ひどい風邪をひいて、どうせ散々な結果だと落ち込んでもいた。わたしはなけなしのお金でウィスキーのハーフボトルを買い、薬代わりに飲ませたの。あなたはあっという間に飲んで、横になって……それで……」

それで、ベロニカはジョーダンを抱き寄せて、口には出せない愛を態度で示した。胸に顔を寄せて目を閉じるジョーダンに、何度も優しくキスをしたのだ。そのうち眠っているはずの彼の腕に力がこもり、その手が動きだした。そうなると、ベロニカも彼への愛情を抑えることができなくなったのだ。

ベロニカが目を上げると、彼はこちらを見つめていた。その揺るぎない無表情に心がひるむ。

「それで?」ジョーダンが静かに促した。

「なるようになったわ」話を簡潔に終わらせたが、ジョーダンは何も言わない。ベロニカは続けるしかなかった。「朝になって、あなたは何も覚えていないようだったし、わたしからは何も言えなかった。あのとき話せばよかったんでしょうが、あなたが何も言わないから不安で……」ベロニカはため息をついた。「今さらどう言ってもしかたないわね」

「それでも、妊娠がわかったときに言えたはずだ」

「どうやって？　あなたはわたしを求めていなかった。それに互いを束縛しない約束だったわ。こんなことにさえならなければ、あなたにホリーのことを話すつもりもなかった。これが真実よ。嘘じゃない。あの夜のこと、本当に覚えていないの？」

「風邪とウィスキーのことは覚えている。ぐっすり眠って、目が覚めたときにはずいぶん気分がよくなっていた。だがそれ以外は……」ジョーダンは煮えきらないそぶりをした。

「わたしたちは愛し合った」ベロニカはせき立てられるように言った。「そしてホリーを授かったの」

　ベロニカの表情を見て、ジョーダンは思わず手を伸ばしかけたものの、はっと思い直して顔をそむけた。窓辺に歩み寄り、彼女に背を向けてたたずむ。激しく動揺していた。汚れのないあの顔を信じるのはたやすい。清らかな魂を表すような澄んだ美しい瞳も。だが、一度は欺かれた相手だ。しかも今は子供の命を救おうと必死になっている。つまり手段は選ばないと明言したも同然だ。我ながらどうしようもない男だな、またも引っかかりそうになるとは。ジョーダンは背筋にひやりとしたものを感じた。

ベロニカは彼がわずかに身を寄せかけたことに気づいていた。瞳のぬくもりにも。そしてそのあとの自分を抑え込んだような無表情にも。窓辺にたたずむジョーダンの背中をベロニカは祈りながら見つめた。けれどジョーダンが顔を上げて背筋を伸ばしたとき、その祈りが通じなかったことを悟った。それは紛れもなく、男性が感情に左右されることなく理性で結論を出したときのしぐさだったから。

「ベロニカ」ジョーダンが振り向いた。「これは提案だ。ぼくはきみの話を信じていないし、信じる気もない。だからきみには、ホリーがぼくの子ではなく、この先ぼくに関わるどんな権利も主張しないと誓う法的書類に署名してほしい」

「どうしてそんな――」

「そうしてくれたら治療費はぼくが出す。いくらでも必要なだけ。ただし書類に署名するのが条件だ」

ベロニカは彼をにらみつけた。こんなことってある？　子供の命を嘘と引き替えにするなんて。背を向けて、いらいらと髪をかき上げる。ふと広告用の掲示板が目に入った。あれが最後の望みの綱だったのに。それを彼は蝿《はえ》でもたたくみたいに平気でたたきつぶした。もうほかに頼るあてはない。

ベロニカはくるりと振り返った。「わかったわ」寒々とした声で告げる。

「きちんと理解したうえで言っているんだろうな？　ホリーがぼくの娘だと主張するのは

やめるということだ。すべて作り話だと認めて、もうこの話を蒸し返さないと約束することだ」

「何にだって署名するわ」ベロニカは小声で言った。「あの子さえ元気になるなら」

「では、具体的な話に取りかかろう」ジョーダンはデスクの前の椅子をベロニカに示し、自分も腰かけて鉛筆を手に取った。「ホリーの担当医は？」

そしてベロニカの告げた詳細を書き留めると、インターコムのスイッチを入れ、その名と電話番号をケイトに告げた。ベロニカがつないでもらうのに丸二日かかった〝お偉い先生〟にも、ジョーダンだとすぐにつながった。十分後には、手術は翌週に決まっていた。ジョーダン・キャベンディッシュにとっては取るに足りないことだった。

「手術はジェームソン・クリニックでやるそうだ」電話を切ってジョーダンは言った。「いい病院だし、きみも好きなだけ彼女に付き添える。医師の見立てでは、おそらく何も問題はないだろうと。彼女はすぐによくなる」

「ありがとう」ベロニカはまだ信じられない思いだった。「まさかこんな……」こみ上げる涙をもはやこらえきれない。半年間にわたって張りつめていた緊張の糸がぷつりと切れたのだ。ベロニカは両手に顔をうずめ、安堵《あんど》のすすり泣きをもらしていた。

ジョーダンは手のひらに爪を食い込ませた。ベロニカを抱き寄せて慰めたかった。一方で、さっさと追い出して二度と顔を合わせたくなかった。もはや何がなんだか自分でもわからなくなっていた。

「何も泣くことはない」それしか言えず、ジョーダンはデスクを離れ、キャビネットに向かった。

ほどなくベロニカが顔を上げたとき、目の前にはブランデーの入ったグラスが差し出されていた。

「飲むんだ」

ジョーダンに勧められて飲むと、気分が楽になった。その間に彼は書類を作成して、数分後、二枚の紙をベロニカに差し出した。どちらも同じ文面で、ベロニカ・グラントの娘であるホリー・グラントはジョーダン・キャベンディッシュの娘ではないこと、従ってベロニカ・グラントは二度とそれを主張しないこと、の二点が記されていた。

「たったこれだけ？」ベロニカは驚いて尋ねた。

「ほかに何があると？」

「たとえば……弁護士の手続きみたいなものとか」

「ここだけの話にとどめておきたいんだ。証人は秘書に頼むが、彼女にも内容までは知らせない」

ジョーダンの顧問弁護士の冷たい視線を浴びながら署名するのは気が重かったので、ベロニカは救われた思いがした。感謝しようと顔を上げたときには、ジョーダンはすでにドアロで秘書を呼んでいた。

ケイト・アダムスが入ってくると、二人は彼女の前で署名した。それからジョーダンが書面を紙で覆い、それぞれの証人欄にケイトが署名した。

再び二人きりになると、ジョーダンは片方の書類をベロニカに手渡して言った。「これは一通ずつ保管する」改まった口調で告げる。「心配は無用だ。請求書は直接こちらに来る。ぼくたちが顔を合わせることは二度とない。では、これで……」彼はベロニカをドアへと促した。

「ジョーダン、待って、お礼を言わせて」

「その必要はない」ジョーダンはきっぱりと拒絶した。「ぼくは遠い昔の借りを返しているだけだ」

「借り？」

「きみの看病とあのウィスキーのおかげで、最終試験に通った。きみのおかげだ」

「でも、ウィスキーの代金は支払ってくれたわ」

「そんなものではすまないよ。あの試験に通ったことで、ぼくは何より求めていたものを手に入れた」

「だとしたら、これでおあいこね。ホリーの健康はわたしが何より求めているものだから」

ベロニカの目がきらりと光り、ジョーダンは息をのんだ。彼女の顔は幸福感に輝いていた。光を放つようなその姿が、達成感や快感はあっても幸福とは縁のない彼の人生を残酷に浮かび上がらせた。

ジョーダンはドアを開けた。「じゃあ、帰ってくれ。これ以上予定をおかしくさせるわけにはいかない」

4

ジョーダンは窓辺にたたずみ、黄昏《たそがれ》どきのパリの明かりを見つめていた。シャンゼリゼ通りを見下ろすスイートルームからは町が一望できる。けれど今はその美しさも目に入ってこない。翌日の会合で頭がいっぱいだった。なんとしても先方から国際プロジェクトの資金援助を取りつけたかった。

電話が鳴り、ジョーダンはいらだちの声をあげて部屋の奥に引き返した。「もしもし」

受話器の奥からロレインのかすれた笑い声が聞こえた。「驚いた?」

ジョーダンは集中力をそがれたことへのいらだちをなんとかこらえた。「まあね。だが、ぼくも電話をしようと思っていたところだ」心にもない言葉を口にする。「デートをキャンセルしたことを謝りたくてね。急用が入ったものだから」

「あら、いいのよ。いつも許しているでしょう?」

「ああ、きみは優しいな」機械的に返したあとで、いちおう礼儀から尋ねた。「イギリスの天気はどうだい? まあ、じめじめしているんだろうが」

「たぶんね。実はわたし、今イギリスじゃないの。もっとずっと近くにいるのよ」

「どれくらい?」ジョーダンはふと不安になった。

「パリよ。正確にいうと、廊下の先」

「なんのために?」

「あら、ずいぶんな言い方ね。数日ベネツィアで過ごそうと思って、途中で寄ってみたの。一杯付き合ってくれるでしょう?」

「もちろん」ジョーダンは気乗りしないまま答えた。

「わたしの部屋は五十四号室よ」

ジョーダンは電話を切ると、うんざりしたときの癖で手を目に当てた。とはいえ、飲みたい気分に変わりはない。それにどうせ食事をするなら、ひとりよりはロレインと一緒のほうがいいだろう。

もうベロニカへの憤りはなかった。娘の命がかかっていたのだから、手段を選ばなかったのも無理はない。しかし、別の感情に煩わされていた。施設にいた当時のことが思い出されてならないのだ。仲のよかったジェフのことが。あの頃は二人で果樹園に忍び込んだり、互いにかばい合ったりしたものだ。だが、やがてジェフは両親が迎えに来て、施設を去った。声をあげて泣いたのはあれが最後だ。

あの、窓ガラスに鼻を押しつけていたときの思い。ホリーの手術が決まったときにベロニカが浮かべた歓喜の表情を見て、あのときと同じ感情を覚えた。あの、どうしようもないみじめさを。

多少は心理学もかじった身だ。これがベロニカとは本来なんの関係もない過剰反応だと充分に承知している。それでも気持ちというのは厄介なものだ。今はロレインの存在がありがたい。

数分後、ジョーダンはスイートルームのドアをたたいた。ロレインが笑顔でドアを開ける。三十代の大人の色香が漂う美人で、髪は栗《くり》色、瞳は緑色だ。ドレスはそれらによく合う秋色で、アクセサリーは純金だ。彼を中に通しながらロレインが言った。

「まあ、ずいぶん疲れた顔をしているわ」

「いつものことだ」ジョーダンはいらだちを取り繕う余裕もなかった。

ロレインはドアを閉めた。「よほど忙しかったのね」ジョーダンの首筋に腕を巻きつける。「ずっとわたしを放っておいたくらいだもの」

「だから来たのか？」ジョーダンは顔をしかめた。

ロレインは彼に近づけた唇を直前で止め、にっこりした。「言ったでしょう、ベネツィアの別荘に行く途中だって」キスをすることなく離れて、酒瓶の並ぶキャビネットに向かう。「今夜パリにいたのは本当に偶然なの」彼女は愉快そうに言った。「確かに、このホテルを選んだのはあなたの常宿だからだけど」ドアがノックされた。「出ていただける？」

ロレインはそう言ってベッドルームに消えた。

ドアの外で待っていたのはワゴンとウエイターだった。二人分の食事が用意されていて、ステーキの焼き具合はジョーダン好みのウェルダンだ。これもまた彼好みのワインのボトルが添えられていた。

「夕食を頼んでおいたの」ウエイターがいなくなると、ロレインが出てきた。「ここのほうが落ち着くでしょう」

「それにその格好では外に出かけられない」ジョーダンは、黒いシフォンの化粧着を見つめた。その下には同素材のネグリジェらしきものを身につけている。ただし、どう見ても寝るためのものではない。

食事の間、ロレインは共通の知人のことをおもしろおかしく話した。ジョーダンは笑いながらも、自分が無理をしていることに気づいていた。ロレインの辛辣なジョークがこれまで気になったことはなかったが、今夜はいやに癇《かん》に障る。ジョーダンはコーヒーを飲みながら言った。「きみがイタリアの別荘に行くというのは知らなかったな」

ロレインは肩をすくめた。「急に思い立ったの。ねえ、あなたも来て。いい気分転換になるわ」

ジョーダンは煮えきらない言葉を残してソファに移動した。ロレインも追ってきて腰を下ろす。化粧着が肩から滑り落ち、薄いネグリジェの大きく開いた胸元と、ふくよかな胸があらわになった。

ジョーダンは冷静にほほ笑んだ。いったいなぜ黒い下着が女性を神秘的に見せるなどと言われているのだろう。体の線をすっぽり隠す古いダッフルコートのほうがずっと神秘的で欲望をかき立てる。そんな女性を腕に抱き、服の上から体の線をなぞりながら甘い唇を味わうほうが。それこそ神秘だ——甘い拷問と驚き、快感と苦悩、希望と絶望、耐えがたい渇望と奇跡のような充足感。

「ねえジョーダン、聞いている?」ロレインのかすれた声に非難の響きがまじった。

「すまない」ジョーダンは慌てて謝った。

「いいのよ」ロレインは彼にもたれた。「別に話さなくても」優しく言って唇を寄せる。

ジョーダンは反射的に彼女の背中に腕をまわした。だが鼻につく彼女の香水が春の野花を恋しく思わせた。体を押しつけられても胸はときめかない。頭の中はあの裸の写真でいっぱいだった。見せないことでかえって男心をそそる、あの軽く振り返った後ろ姿。ベロニカ……。遠い昔、彼女を抱きたくてたまらなかった。再会したあの日も——そして今も。

しばらくして身を離したロレインから問いかけるように見つめられ、ジョーダンはなんとか笑みを張りつけた。「きみの言うとおりだ。どうやら自分で思う以上に疲れているらしい」

「だったら、わたしが癒やしてあげる」

「いや」再び身を寄せかけたロレインをジョーダンは押しとどめた。「今夜はぐっすり休みたい」

「ねえ、ベネツィアでゆっくりしましょうよ」

「きみは明日発《た》つんだろう？　体が空いたら電話する」ジョーダンは軽くキスをして立ち上がり、ドアに向かった。「おやすみ、ロレイン」少し早口で言い添える。「今夜は楽しかった」

ジョーダンは返事を待たずに部屋を出た。

パリの銀行家との交渉はジョーダンの基準からすれば散々だった。求めていた融資は得られたものの、想定外の利子を払う羽目になった。

旅先で本国のことが気になったのは初めてだった。執刀医に電話をかけ、ホリーの検査結果に問題がないことは確認した。それでも落ち着かなかった。

手術当日の朝、ジョーダンはパリのオルリー空港にタクシーで向かった。そこでロレインに、午後にはベネツィアに着くと電話を入れるつもりだった。数日一緒に過ごせば先日の不協和音も消え、元の快適な関係に戻れるだろう。

ジョーダンは腕時計に目をやった。十一時。ホリーは前投薬を受けている頃だ。ベロニカもきっと付き添っている。次のベネツィア便まで時間があったので、彼は軽く食事をしようと思った。そのときふとロンドン便がまもなく離陸することに気づいた。

食事をしながら、再度時間を確認した。急ぐ必要もなかった。ベロニカはきっとホリーの手を握って、キスをしている頃だ。少女は眠たげな笑みを返して手術室へと運ばれ、その姿をベロニカが見えなくなるまで見送っている……。

「ロンドン行き五百二十二便は三十五番ゲートからご搭乗ください」

そろそろチケットを買い、ロレインに電話をする頃合いだ。ジョーダンは立ち上がり、航空会社のカウンターで行き先を告げた。係の女性から手渡されたチケットを見て、眉をひそめる。「これは何かの間違いだ。ベネツィア行きを頼んだはずだが」

「ロンドン行きとおうかがいしました」

「ありえない」

「いえ、確かにロンドン行きと。ですが、お間違いでしたら、お取り替えいたしますが？」

ジョーダンはとっさに答えた。「いや、いい」

彼はバッグをチェックイン・カウンターにのせた。そして次の瞬間には搭乗券を手にロンドン便の出発ゲートに向かって駆けだしていた。

ベロニカは我ながらあきれた。あれだけ望んできたことなのに、いざとなると不安でたまらない。ホリーは今、手術台の上で自らの命を見知らぬ人の手に委ねている。万一うまくいかなかった場合のことを考えると怖くてしかたがなかった。執刀医はよほどのことがない限り大丈夫だと請け合ってくれたが、それでも目を閉じて静かに横たわるホリーの姿がまぶたを離れなかった。たったひとりで命の危険と闘うには、あの子はまだ幼すぎる。

先ほどベロニカはホリーの病室で前投薬に付き添った。直前にもう一度抱きしめたかったが、不安を悟られるのが怖くてできなかった。にっこり笑い、鼻先をつまんでやるのが精いっぱいだった。

麻酔科医は大きな眼鏡をかけた驚くほど若い男性で、幼い娘に特大の笑みを向けた。

「不安かい?」彼はそっと尋ねた。

「少し」ホリーの目が注射針を見つめた。

「平気だよ。これでちくっとやるだろう? そうしたらきみは消え、ぼくたちはきみなしで手術する」

ホリーがくすくす笑い、その間に医師は腕を持ち上げて薬の投与は終わった。

ベロニカは娘の手を握った。早くも薬が効き始めたホリーがゆっくりとささやく。「心配しないで、マミー。大丈夫よ……ほんと」

ホリーのまぶたが重くなり、やがて閉じられた。この子ったら、わたしを気遣って……。

ベロニカは医師が点滴をつける前に思う存分娘を抱きしめ、ホリーの頭を枕に横たえると、再び娘を見つめてから静かに病室をあとにした。ほどなくしてホリーはベッドごと手術室へと運ばれていった。

ベロニカはひたすら待ち続けた。ホリーはなかなか戻らない。不吉な予感が胸の奥でふくらみかけたとき、ようやく廊下の先で動きがあり、ベロニカは顔を上げた。執刀医が近づいてきて、ホリーの手術は大成功だったと告げる。まもなく数人の看護師がベッドを押してきた。ベロニカは立ち上がって、血の気のないホリーの顔を食い入るように見つめた。

彼女に気づいた看護師たちが立ち止まった。

「大丈夫ですよ。でも回復室でひと晩過ごすことになっていて、これからお連れします」

「わたしも入れますか?」

「少しだけお時間をください。支度ができ次第、お呼びします」

一同が通り過ぎ、ベロニカは倒れるようにして椅子に沈み込んだ。


ヒースロー空港に着くと、ジョーダンは荷物がコンベアーベルトで運ばれてくるのも待たず、手荷物だけで税関を通った。残りの荷物は改めて誰かに取りに来させればいい。肝心なのは一刻も早く病院に着くことだ。外に出ると恥も外聞もなく長い列の先頭に割り込み、最初に来たタクシーを横取りしてぞんざいに告げた。「ジェームソン・クリニック」

数マイル進んだところで、ジョーダンはまた時刻を確認した。ホリーが手術室を出る前に到着したい。運がよければ、待合室でベロニカに会えるかもしれない。彼はかつてのベロニカの、うれしい出来事に遭遇したときのまばゆいばかりの顔を思い浮かべた。ぼくの姿を見てまた目を輝かせてくれるだろうか？

クリニックに着くなりジョーダンは車から飛び降り、運転手に高額紙幣を渡して病院の受付に急いだ。

「ホリー・グラントの病室は？」

「三階です。ですが、今は――」

ジョーダンはすでに駆けだしていた。

ベロニカは時計の針の進み具合を確かめた。ホリーが手術室を出てから三十分、もう待ちきれない。お願い。心の中で祈る。あの子が目を覚ましたとき、そばにいさせて。

ふいに人影が前に立ちはだかり、ベロニカは顔を上げた。相手に気づいて、表情が明るくなる。「デレク」喜びの声が出た。

「依頼人の話が長引いてね」デレクは彼女の隣に腰かけた。「なんとか振り切ってきた」

「優しいのね」

「遅くなったが、来ないよりはましだろう？　で、具合は？」

「手術は成功したわ。もうすぐ会えるの」

デレクが肩に腕をまわした。ベロニカはどっと疲れを覚え、彼にもたれた。もっと早く来てくれるに越したことはなかったけれど、今はこういう彼の律儀さがありがたい。

二人とも、廊下の隅でドアが開いた音には気づかなかった。そこからジョーダンが現れ、二人の姿を見て立ち止まったことにも。

「疲れたかい?」デレクが尋ねた。

「ええ」

「大変だったね。けれど、もうぼくがついている」デレクは彼女の額にキスをした。「おいおい、泣くことはないだろう」

「泣いてなんかいないわ」ベロニカはハンカチを探った。「ただあの子があまりに小さく見えて」

デレクは彼女を乱暴に抱きしめ、かけ声のような口調で励ました。どちらもほんの少し、ベロニカには不快だった。

「大丈夫だって。数週間もすればボールを蹴ったりいたずらをしたりして、駆けまわっているさ。三人で楽しもうじゃないか」

黙ってそっと抱いていてくれていればいいのに。すり減った神経では彼の元気さについていけない。でも、デレクはよかれと思ってしてくれていること。ベロニカはにっこりほほ笑み、彼の手を握りしめた。

ようやく回復室のドアが開き、看護師が笑顔で現れた。「中へどうぞ」

ベロニカは期待に満ちた視線をデレクと交わし、すぐに立ち上がった。二人が中に入ると、看護師は先ほど廊下の端に見えた男性にも声をかけようと振り返った。しかし、そこには誰もいなかった。


これほどの大手術のあとは長く入院するものとベロニカは思っていた。だが医師は、十日ほどで退院できると告げた。「子供は回復が早いんです」

ベロニカは感謝の気持ちで胸がいっぱいになった。ジョーダンに礼を言いたかったが、病院に電話があったと執刀医から聞いただけで、ベロニカのほうにはなんの連絡もなかった。

ちょうど手紙でも書こうかと思っていた夜、電話が鳴った。ジョーダンの声を聞くのは、彼のオフィスに怒鳴り込んで以来のことだ。

「ホリーは明日退院だそうだな」いきなり言う。

「ええ。またあの子の元気な姿を見られて――」

ジョーダンは、不作法とまではいかないが仕事に追われている男性らしい口調で遮った。

「ああ、本当によかった。それで、あの子の回復期のことなんだが、数週間ほど環境のよい郊外で養生したほうがいいんじゃないかと思ってね」

「療養の費用までお願いするつもりは――」

「たいしたことじゃない。ホリーの滞在にちょうど適した家がある。元気を取り戻したら遊べる場所も必要だし、きみのアパートメントには庭がない」

「それはそうだけど、でも……」ベロニカは続きの言葉が浮かばず、口を閉じた。

「心配は無用だ。ぼくは顔を出さないから。そこならロンドンにも近いから検診に行くのも楽だし、静かな環境で養生できる。同意してくれるか？」

「もちろん、すばらしい提案だわ。ジョーダン、本当にあなたには感謝――」

「よかった。電話をケイトにまわすよ。詳細は彼女に任せてあるから」顔を離したのか、ジョーダンの声が遠くなった。「頼むよ、ケイト」

ジョーダンの秘書が電話口に出て、翌朝手配した車がベロニカを迎えに来て、クリニックでホリーを拾い、そのまま郊外の目的地に向かうと説明した。ベロニカは頬をつねって、これが夢ではないことを確かめずにいられなかった。

一瞬、ベロニカはジョーダンが気の毒になった。こんなに幸せにしてもらったのに、彼はそれを一緒に味わえない。そっけなく事務的な口調で用件しか話さなかったけれど、誠実な男性だ。取り引き上の自分の役割を最大限果たしてくれている。でも、わざわざ病院まで来てくれて、寄り添ってくれたのはデレクよ。ベロニカは自分にそう言い聞かせた。

翌日、アパートメントに横づけされた上品なリムジンを見たとき、ベロニカは目を見張った。そしてこれまで経験したこともない興奮と喜びに胸を弾ませ、ホリーの病室へと急いだ。娘はすでに着替えをすませ、頬を薔薇《ばら》色に輝かせて新たな暮らしに踏み出すのを今か今かと待ち構えていた。

だが、まずはお世話になった看護師たちにお礼の挨拶だ。それと、いたずらをしたことを謝らなくてはならない若い職員もいた。母に促されてホリーがもごもご詫《わ》びると、彼はウィンクをしてくれた。

「行きましょう」ベロニカは娘の手を握った。「これ以上聞きたくない話を聞かされる前に」

車中でベロニカは、これからエルムブリッジに向かうこと、そこに友人が所有する別荘があることをホリーに話した。田舎が好きなホリーは興奮を抑えきれなかった。窓にぺたりと張りつき、町並みが切れて緑が広がりだすと、ますます喜んだ。

やがて車はついに高い生け垣の道に入った。鉄製の門を抜け、長い車寄せの先に赤煉瓦《あかれんが》の家が現れる。近づくと玄関ドアが開き、中年の女性が出てきた。

「ヘンドリックスです」車を降りたベロニカたちに彼女は言った。「わたしがお二人のお世話をいたします。支度は万全です」

ベロニカはジョーダンがビジネス界の喧噪《けんそう》を逃れたいときのためにどんな家を選んだのか興味があった。逃れたいときがあることすら驚きだった。その驚きは、家政婦について中を進んでいくにつれていっそう増した。外からは大きさが際立って見えたが、家の中は温かくこぢんまりしていた。寄せ木張りの廊下にはラグが敷かれ、階段の小さな踊り場には明かり取りの窓もあった。

ホリーの部屋はまさに少女の夢を体現していた。庭に面した大きな窓に、明るい装飾。ベロニカの部屋は隣だった。花柄のカーテンがかかったオーク材の四柱式ベッドがすてきな部屋だ。淡い褐色のカーペットと白い壁と十九世紀風のプリント模様が優しい雰囲気をかもし出していた。

それから二人は外に探検に出た。手入れの行き届いた庭、そこを外れると小さな森と小川から成る自然な庭が広がっている。そこに、この家の名の由来と思われるエルムの木とブリッジもあった。ホリーに靴を脱がないよう言い聞かせるのは大変だった。なにしろベロニカ自身も川に入りたくてたまらなかったくらいだ。のどかな風景の中で数カ月ぶりに不安から解放され、放課後の子供のような気分だった。

ベロニカが持参した本やおもちゃを置くと、ホリーの部屋はますます温かみを増した。午後は昼寝をするようにと言い聞かせたが、ホリーは興奮して眠れないらしく、ベロニカが部屋をのぞいたときには、窓辺の椅子に腰かけてうっとりと外を眺めていた。

ミセス・ヘンドリックスがベロニカをほかの部屋に案内してくれた。これまで目にした部屋と同じく、どこも感じがよくて快適そうだ。「入っちゃいけない部屋を教えておいてくださいね」

「お入りになれない部屋なんてありませんよ」ミセス・ヘンドリックが驚いた表情を見せた。

「だけど、ミスター・キャベンディッシュの部屋は……」相手の怪訝《けげん》そうな顔を見て、ベロニカは尋ねた。「ここはジョーダン・キャベンディッシュの家ですよね？」

「ミスター・キャベンディッシュという方は存じあげません。わたしがお会いしたのは下見にいらっしゃったミセス・アダムスだけで。でもそう言えば彼女、ミスター・キャベンディッシュのもとで働いているとおっしゃっていました」

「ミセス・アダムスが下見に？いつですか？」

「数日前ですよ。彼女の上司がこういう賃貸物件を探していらっしゃるとかで」

ベロニカは驚きの声を押し殺した。ジョーダンは自分の所有する家のように話していたのに。ホリーのためにわざわざ借りたの？

その夜、ベロニカは自室とホリーの部屋を隔てるドアを開けたままにしておいた。そして夜中にそっと忍び込み、暗い窓辺に腰を下ろして娘の健やかな寝息に聞き入った。

それでも、心はさっき知った事実に揺れていた。ジョーダンはなぜ自分の厚意を隠したのだろう？

わかりきっているじゃない、と心の声が告げた。ホリーを自分の娘だと認めているように思われたくなかったからよ。認めるつもりはないから。

彼がこの家を用意したのは親切心からじゃない、約束を守るため。この寛大さは拒否のあかし。

ジョーダンが背を向け、オフィスの窓辺にたたずんでいたときのことはよく覚えている。決断を下したとき、突如彼の肩がこわばるのがわかった。その瞬間まで、愛し合った記憶がないというジョーダンの言葉をベロニカも半ば信じていた。けれどジョーダンのあの動きには、本当のことをわかっていながらあえて拒否を選んだのだと思わせるものがあった。

ベロニカはそっと娘のベッドに近づいた。この子を守りたいという強い感情がこみ上げる。ホリーははかなく頼りなげに見えた。娘を授かったあの夜のジョーダンと同じように。

突如再会した夜のことが思い出された。

〝ぼくの知る唯一の奇跡がきみだ〟

あの、欲望に震える彼の唇。ベロニカは切なくなって目を閉じた。あのときはああするしかなかった。それでもひどいことをしたことに変わりはない。真実などほとんど存在しない世界に生きている彼が、唯一信頼できる人間だと言ってくれたのに。きっともう二度と信じてはもらえないだろう。

ベロニカは身をかがめてそっとホリーにキスをして、静かに部屋をあとにした。

5

ホリーは元気になるにつれ、もともとやんちゃな気質がさらに顕著になった。

「もう何があったって、かくれんぼをしようなんて言わない」

ある朝ベロニカは息を切らしてキッチンに入るなり、どさっと椅子に腰を下ろした。

「あのおてんば娘、この庭の隠れ場所を全部知っているんだから」

ミセス・ヘンドリックスが目の前に置いてくれた紅茶を、ベロニカは心から感謝して口に運んだ。

「マミー、早く」ホリーが庭へと通じるドアから呼んだ。

「あとでね。年寄りには休憩が必要なの」

ホリーがくすくす笑った。「まだ年寄りじゃないでしょ」

「かくれんぼの前はね。でも、今はそう。あと一回でもしてごらんなさい、体も何もかもぼろぼろよ」

二人は心地よい田舎暮らしにすっかりなじんでいた。病人の体力回復を目的としたミセス・ヘンドリックスの料理はすばらしく、幼い娘は日に日に体重を取り戻した。困ったのは、同じ効果がベロニカにもあったことだ。そこで、モデル体型を保つために彼女はハードなエクササイズを開始した。

午前中は一緒に元気よく遊び、午後はホリーは昼寝をするはずになっていた。けれどホリーはベッドに入っても、たいていは本を読んでいた。かなり現実的な性格の子で、好むのはミステリーやSF、それに知識の糧となるたぐいの本だ。すでに年齢からは考えられない速さと正確さで計算もこなし、地元の図書館からかなり難しい算数の本を借りてきて、しかもそれを心底楽しむ様子を見せてベロニカを驚かせた。

到着した翌日、ケイトから快適に過ごせているかどうかを尋ねる電話があった。何か必要なものがあれば電話をしてほしいということだった。おそらくジョーダンが直接に連絡を取ってくることはもうないのだろう。きみたちの邪魔はしない――彼はそう言った。ジョーダン・キャベンディッシュは約束を守る男だ。

とはいえ、この家を訪れることはなくても、別の意味でジョーダンには邪魔をされていた。これほど長い時間を牧歌的な風景の中でほとんどすることもなく過ごしているためか、今後のことを考えようとするといつも、別の夢が脳裏に浮かんだ。ジョーダンと川べりで過ごした夜にほんの一瞬だけ信じた夢。

〝ぼくたちは本当の意味では別れていなかった――互いの心の中に住み続けていた〟

事実だ、とベロニカはすぐに気づいた。心は決して彼を忘れていなかった。あの夜、魔法に魅せられてすべてを忘れた。この再会は自分が仕組んだことだということも、彼に打ち明けなければならないことがあるということも。再び目覚めた愛が心と体を満たし、キスに情熱を注いだ。

ベロニカはかつては不慣れだった彼の唇の、巧みな動きを忘れようとした。それでも唇には彼の唇の感触がしっかりと刻み込まれている気がした。寝ても覚めてもそこにジョーダンの唇を感じ、もう二度と味わえないという切なさに苦しめられた。我が子の存在を否定する男性との間に将来などありえない。

そのうえ、何カ月も抱えてきた不安もなかなか消えなかった。ホリーは日に日に丈夫になっているのに、マイナス思考が抜けないのだ。娘の一挙一動を監視したり、娘が新しいことをしたりしようとするたびに〝だめよ〟と言うのはやめようと心がけた。娘の楽しい気分を台無しにしたくなかったからだ。けれど、感情を抑えるストレスは相当なものだった。

一度デレクに話してみたが、一笑に付されただけだった。

〝おいおい、ベロニカ。もう終わったことじゃないか。いい加減に忘れるんだ〟

以来、この話を持ち出すのはやめたものの、内心ではこれまで味わったことのない孤独感を覚えた。

すっかり夏になり、日によってはベロニカはリビングのフレンチドアから出入りできる裏手のパティオでエクササイズをするようになっていた。ある日の午後、エクササイズをひととおり終えたところで、玄関前に車の止まる音が聞こえた。ドアベルが鳴るのを待ったが、聞こえない。

「ミセス・ヘンドリックスは出かけているの」ベロニカはホリーに言った。「誰が来たのか見てくるわね」

ホリーが算数の本から顔も上げずにもごもごと返事をすると、ベロニカは玄関ドアへと向かった。ドアを開けると、ジョーダンのつややかな銀色の車が止まっていた。だが、彼の姿はどこにもない。

家の奥へと引き返し、リビングのドアにたどり着いたところで足が止まった。ジョーダンが開け放たれたフレンチドアの外に立っていた。その目はいまだ本に夢中のホリーにじっと注がれている。声をかけるのがはばかられた。ベロニカはこれほど悲しげな目を見たことがなかった。それでも口の端にはかすかな笑みが宿っている。目の前の少女の熱中ぶりがおもしろくてしかたがないと言わんばかりに。

突然、ホリーが腹立たしげな声をあげた。「もう、むかつく！」

ベロニカは思わず噴き出した。ジョーダンが目を上げ、一瞬楽しげに視線が絡み合う。ジョーダンも笑い声をあげ、そこで初めてホリーは彼の存在に気づいた。

「おはようございます」少女はきちんとした挨拶をした。「前に一度会いましたよね？ひょっとして算数はお得意？」

機械的思考で金融界の頂点に立つ男にとって、この質問は衝撃でしかなかった。だが気を取り直して彼は答えた。「そこそこね」

「やった。わたしのこの計算、どこが間違っているのか教えて」ホリーは嬉々《きき》として言った。

「ホリー」すかさずベロニカはたしなめた。「失礼でしょう」

「いや、かまわない」ジョーダンが言った。「一度取りかかった問題は集中するべきだからね。ぼくも同じタイプだし……」そこではたと言葉を切る。

同時にベロニカも、自分が体の線もあらわなレオタード姿なのに気づいた。レオタードは皮膚のようにぴたりと体に張りつき、細いウエストとは対照的なヒップの丸みやすらりと伸びた脚の長さを、隠すことでよりいっそう強調している。思わずタオルを手に取ったものの、それは首を一周するだけの大きさしかなかった。

「きみたちの様子を一度見ておきたくてね」少ししてジョーダンが口を開いた。

「ありがとう。じゃあ、わたしは着替えてくるわ」

ベロニカは慌ててその場から離れた。そしておとなしいワンピースに着替えて戻ったのだが、どうやら無用な気遣いだったらしい。ジョーダンはホリーのそばに腰を下ろし、計算の解き方を説明していた。ちらりと目は上げたものの、計算を教えることで頭がいっぱいなのは明らかだ。ベロニカは邪魔をしないようにその場を静かに離れた。

「わかったかな?」ジョーダンが尋ねた。「もう一度やってみせようか?」

「大丈夫」ホリーは答えた。「わかったから」

「ほんとに? これはかなり難しい本だよ。きみはまだ七歳にもなっていないだろう?」

「来月で九歳よ」ホリーはむっとして言った。

ひと呼吸おいてから、ジョーダンはさらに尋ねた。「お母さんにそう言えと言われたの?」ホリーのぽかんとした顔を見て、慌てて続ける。「いや、忘れてくれ。たいした意味はないんだ。ただ……九歳には見えないものだから」

「小柄なの」ホリーはため息をついた。「ママも小柄でしょ。だからしかたないって言うんだけど。でもまた元気になったから、これからぐんぐん大きくなるかも。だったらいいなって思ってる」

「小柄なのがそんなに問題かな?」

「幼く見られるのがいやなの。だって、赤ん坊みたいな扱いを受けるから。さっきあなたも〝これはかなり難しい本だよ〟って言ったでしょう? ミス・アダーウェイもそんな感じで言うの」

「ミス・アダーウェイって?」

「担任の先生。最近しょっちゅう学校を休んでいて、でもみんなに追いついていけるようにって家で一生懸命自習していたの。特に算数。算数は楽しいから。でも先生は〝あなたにはまだできないけど……〟って口癖みたいに言って、それで、わたしができるとわかるとむっとして。ねえ、それっておかしくない？　普通は喜ぶところでしょう？　だって先生なんだから」

「まあね、だけど先生も人間だから。聞いた限りでは、かなり残念な人だけれどね」ジョーダンは言った。「教師というのは、本当に頭のよい生徒は好きじゃないんだ。ぼくも算数が得意だったけど、褒められるどころか、目立ちたがりやって呼ばれた」

仲間を見つけた喜びにホリーは目を輝かせた。「一度なんてミス・アダーウェイの質問にわたしだけ手を上げていたの。ずっと上げ続けていたのに、先生ったら見えないふりをしたのよ」

「ぼくは、先生から絶対答えられない質問をされたことがある。案の定、答えられないでいると、鼻で笑われたものさ、〝おや、きみにも知らないことがあるんだね〟って」

「なんて意地悪なのかしら」ホリーは語気を強めた。

今の今まで忘れていた当時のつらさがほんの一瞬よみがえったが、少女が自分のために憤慨してくれたことですぐに消えた。彼の中にも仲間意識が芽生えたかのように。「ぼくもそう思った」ジョーダンは言った。「だがこっちは子供だったからね。意地悪な大人には対抗のしようがない」

「ほんと」ホリーはわかると言わんばかりに同意した。

二人は共感を込め、無言で見つめ合った。

「まあ、気にしないことだ」ジョーダンはなだめるように続けた。「嫉妬みたいなものだから。怖がるまでもない」

「あなたはそうやって乗り越えたの?」

ジョーダンは顔をしかめた。「ぼくには別の問題もあってね。養護施設にいたんだ。〝ホーム〟とは名ばかりの場所だった。しかしきみにはママがいるだろう……」そこで彼は口ごもった。「きみのためならどんなことでもしてくれるママが」

ホリーはうなずいた。「ママはわたしのことを理解しようとはしてくれているの。でも、たぶん本当のところはわかっていない。あなたみたいには」

「これぱかりは経験しないとわからないものだからね。言葉では説明しきれない」

ベロニカがドアから顔をのぞかせた。「お茶くらい一緒に飲んでいけるでしょう?」

「ああ、ありがとう」ジョーダンは立ち上がり、一緒にキッチンに入った。「きみたちの邪魔はしないつもりだったんだが、近くに来たものだからね」

ベロニカはほほ笑んだ。「ホリー、ずいぶん元気になったでしょう? 来てくれてうれしいわ、ジョーダン。このままお礼も言えないんじゃないかと心配していたの」

ジョーダンは頬を染めた。「必要なことはなんでもすると言っただろう。何も手術のことだけを指していたわけじゃない。肝心なのはホリーの回復だ」

「ホリーったら、片時もじっとしていてくれなくて。この分だと、そう長くご迷惑をかけずにすみそうだわ」

「何も急ぐことはない。必要なだけこの家を使ってくれ」

この家をわざわざ用意してくれたことを知っていると話そうかとも思ったが、うまい言葉が浮かばなかった。「お湯が沸いたみたい」

ホリーが一緒でよかった、とベロニカは思った。ジョーダンとの再会を自分がどう思い、どう感じているのか深く考え込まずに済む。動揺はすでにおさまっていたものの、それでもジョーダンがそのハンサムな顔でホリーに話しかけたりほほ笑みかけたりするのを見るたび、胸にかすかな喜びが生まれた。ホリーはすっかり打ち解けた様子で話している。ジョーダンはどちらかと言えば聞き役だ。まるで意図せずして話に引き込まれた男性のような顔だわ。

「マミー」ホリーが言った。「わたし、もうおなかがいっぱい。眠くなっちゃった」

「じゃあベッドに行きましょう」

ホリーはジョーダンにおやすみなさいと声をかけ、眠たげな足取りで二階に向かった。

数分後、ベロニカがリビングに戻ると、ジョーダンは外を眺めていた。田園風景が黄昏《たそがれ》どきの柔らかな紫色に沈んでいる。足音を聞きつけると、ジョーダンはすぐに視線を戻した。

「ホリーは大丈夫かい？」

「すぐに眠ったわ」

「いつもこんなに急に疲れが出るのか？」

「今日はお昼寝をしていなかったから」

「ぼくのせい？」

「いいえ、それだけじゃないわ。本当はあなたが来る前にベッドに入らなくちゃならなかったの。でもわたしがぐずぐずしていたから。ベッドに入ってもどうせ本を読むに決まっているから、ここにいても同じかと思って。でも、もうやめるわ」

「頭のいい子だ。ぼくは子供のことはよくわからないが、計算のことはわかる。ぼくに尋ねたのは、たぶん十一歳くらいの子が挑む問題だ。なのに、あの子はすぐにマスターした」

ベロニカはうなずいた。「意志も強くて現実的よ。目下のお気に入りワードは〝科学的〟と〝論理的〟かしら。わたしをやり込めようとするときはいつもこの二つを使うの。わたしはどちらにも無縁だとわかっているから」

「きみは夢想家だったからな。ホリーがジュリエットを演じたがるとは思えない」

ベロニカはほほ笑んだ。「ええ。ジュリエットが毒をあおる前に成分を分析するように脚本を書き直さない限りね」

そのどこか残念そうな口調にジョーダンは眉をひそめた。「ホリーがきみに似ていないのは、あの子のせいじゃない」

「わかっているわ。何もわたしの複製にしたいわけじゃないの。あの子もひとりの人間だもの。ただ、もし似ていたら、もっと力になってやれるのにと思って。ホリーがあなたに話しているのが聞こえたわ。自分の気持ちはわたしにはわからないって。そのとおりなのよ」ベロニカは自嘲めいた笑い声をあげた。「わたしは学校でなんの問題もなかった。優秀だと言われることもなかったし。だから落ち込むのよ。わたしはあの子の役に立たない」

ジョーダンは首を横に振った。「どうして自分をそんなふうに卑下するんだ？　あんなにすばらしい娘を産んだのに」

「ええ、すばらしい娘よ」ベロニカはすぐに同意し、それ以上は言うまいと自分を抑えた。それでも娘を褒められたことがうれしくて目が輝く。

だがジョーダンの問いかけを聞いた瞬間、その輝きはあせた。

「父親は誰なんだ？」

ベロニカの唇がこわばった。ジョーダンが父親だとは主張しない約束だった。それでもほかに言いようがない。「話したくないわ」

「デレクか？」彼が食い下がる。

「いいえ、彼とは数カ月前に出会ったばかりよ」

「ということは、ぼくと別れてすぐホリーの父親とベッドを共にしたわけか」ぶっきらぼうな口調だった。「もしくは、ぼくに対してはもったいをつけ、その男とよろしくやっていたか」

「もったいをつけてなんていない。そうしていたのはあなたのほうよ。深入りしたくないと言って」

「きみは？　きみも深入りを望まなかった」

ベロニカは自分がわざとそう思わせたことを思い出し、押し黙った。あの頃は、こちらの気持ちに気づかれたら彼にそっぽを向かれそうな気がしていた。気のないそぶりをしているからこそ近づいてくる野生動物みたいな人だったから。

あの甘くほろ苦い日々は苦しかった。同時に、二度と味わえないと思うほど楽しい時間でもあった。当時を思い出し、ベロニカの唇に物悲しい笑みがかすかに浮かんだ。

ジョーダンはそれを見て絶句し、自分の口を呪った。「いい人だったんだろうね」苦々しげに言う。

「ホリーの父親のことなら」ベロニカは静かに告げた。「ええ、そうよ、すばらしい人だ

しかったはずだ」ジョーダンは彼女を抱き寄せながら、ぼくと付き合いながらも、つい

よろめいたのか。ぼくが夢中なのを知りながら、思わせぶりな態度をとるのはさぞかし楽しかっただろう」

「あなたがわたしに夢中だったことなんてないでしょう。わたしは単なる暇つぶしにすぎなかった」

「ばかな……」自制の糸が切れ、ジョーダンは怒りのうなり声をあげてベロニカの体に手を伸ばした。きつくとらえたまま燃えるような目を向ける。「昼も夜もきみのことばかり考えていた。もっとおもしろい話を聞かせようか。ぼくはきみをあがめ、触れることも許されない女性だと崇拝していた。なのにきみは……」言葉が続かず、荒い息遣いだけが残った。目の前にベロニカの紅潮した顔があった。腕の中に彼女の体があった。おののきが走り、気づいたときには低いうめき声をあげて唇を奪っていた。

唇が触れ合った瞬間、ベロニカの葛藤が始まった。この人は我が子を拒否した人、嘘《うそ》を記した書類に無理やり署名させた人、愛してはいけない人。それでもほかの誰よりも胸がときめく。触れられると体がとろけそうになって、心に火がつく。今の自分ならジョーダンを冷静に見られると思っていたのに、こうして激情が押し寄せてきて、結局は何も考えられなくなってしまう。

ベロニカは降伏を強いるようなジョーダンのキスにいらだちと憤りを覚えた。感情と体は容易に陥落しても、心だけはじわじわと侵攻してくる快感に必死にあらがい続けた。反応したくなかった。ジョーダンは決して手に入らない人だから。簡単に手に入る女だと思われるのはプライドが許さない。

けれども彼の口の巧みな動きにあおられ、気づくとベロニカの唇は内心の抵抗とは裏腹にわずかに開いていた。忍び込んだ彼の舌のぬくもりを感じ、力なく吐息をもらす。ベロニカが抵抗をやめると、ジョーダンにも変化が見えた。体から力が抜け、ベロニカの体をゆったりと抱きしめたのだ。彼女の舌が口の中のなめらかな皮膚を打ちつけると、彼の体がびくっと震えた。

相手はあれほど恋しかったジョーダンだ。ベロニカはもはや自分を抑えきれず、彼の首に腕を巻きつけ、髪に指を絡ませた。

ベロニカが自分に言い聞かせてきたほど過去は遠いものになっていなかったらしい。またたく間に心に火がついたのだから。今なお心のどこかにまだ若くて無垢《むく》なベロニカが住んでいたのだ。

あの頃、何度こうして抱き合い、満たされぬまま激しいキスを交わしたことか。最後まで行き着くことはないとわかっていながら。若い情熱を慎重という壁の奥に押し込めて。けれどそんな慎重さなど情熱の前ではひとたまりもない。そう気づいたときには手遅れだった。その運命がさまざまな出来事を経て、結局はこうしてまたベロニカをジョーダンの腕の中に戻したのだ。時を超越したキスに。

ベロニカは密着したジョーダンの体を痛いほど意識した。彼の激しい興奮ぶりは服の上からでも明らかだ。封じ込めてきた記憶が、彼とひとつになったときのことが、脳裏によみがえる。自制心が残っているうちにやめなければ。そう思いながらも、腕は勝手にますます強く彼にしがみついた。

ジョーダンが耳の下の敏感な肌にキスをした。体を駆け抜ける快感にベロニカは思わず声をもらした。

その声が引き金となり、ジョーダンの頭の中で警鐘が鳴り響いた。彼はふいに顔を上げ、息を弾ませながら驚愕《きょうがく》の目でベロニカを見つめた。

一瞬視線が絡み合い、互いの顔に自分と同じ驚きを認めた。よみがえったかつての情熱が、以前とは比較できないほど強く危険なものとなっていた。

身を引きかけたベロニカにジョーダンは再び覆いかぶさった。すると、いまだ熱い彼女の唇が今度は進んで応えた。激しい欲望がベロニカの体を支配していた。抵抗するべきだとわかっていた。けれど自分がこれほど欲しているものを拒絶するだけの気力が今のベロニカにはなかった。何か強く引き止めるものがない限り……。

「マミー！」

二階から聞こえるかすかな声が、ベロニカの情熱のもやを突き破った。

ホリーの声だ。ベロニカははっとしてジョーダンの腕から離れた。「なぜここへ来たの？　出ていって、ジョーダン。わたしと娘にかまわないで」

ベロニカは逃れるように身を離し、階段を駆け上がった。ジョーダンも体の動揺がしずまるのを待ってあとを追う。踊り場にたどり着いたところで、ベロニカがホリーの部屋から出てきた。「具合が悪くなったのか？」緊迫した声で尋ねる。

「いいえ、喉が渇いただけ」

急いで階段を降りるベロニカと入れ替わりに、ジョーダンはホリーの部屋に入った。少女はベッドに起き上がり、眠たげに目をこすっていたが、ジョーダンの姿に気づいてほほ笑んだ。

「起きちゃった」

「そうだね。ぐっすり眠っていると思っていた」

「喉が渇いたの」ホリーが座ってと言わんばかりにベッドをぽんぽんとたたいた。「転んだの？」

心配そうにきかれ、ジョーダンはベッドに腰を下ろしながら尋ねた。「いや、どうして？」

「髪がくしゃくしゃだから。前は違っていた」

ジョーダンは慌てて髪を撫《な》でた。「すてきな部屋だね」わざと話題をそらす。

「そうでしょう?　庭の奥の森まで見えるの」

「庭は好きかい?」

「隅の自然っぽいところは好き。ママと一緒にかくれんぼができるから。きれいな庭ではあんまりできないの。ミスター・パークスが怒るから」

「ミスター・パークス?」

「庭の手入れに来る人。彼には地雷があるの。たとえばわたしが庭でボールを蹴るとするでしょ。そうしたら芝を刈るのにどれだけ手間がかかったと思うんだって、地雷のひとつが大爆発」

「なるほど、それが地雷か。こっちに気を遣えよって態度か。ずいぶん横柄だな」

ホリーがくすくす笑った。「そういうこと」

「彼はお年寄り?」

「あなたくらい」

「だったら、年寄りってほどでもない」ジョーダンは言った。「そういうタイプ、ぼくも知っているよ。先生のことでぼくが言ったことを思い出すんだ。負けるんじゃない。ここはきみの庭で、彼のじゃない……どうしたのかな、そんな顔をして?」ジョーダンは尋ねた。ホリーが首をかしげ、びっくりしたような顔でじっと見つめていたからだ。

「だって、大人がほかの大人のことをそんなふうに言うのを聞いたことがなかったから」ホリーは言った。「いつもみんな団結してる」

ジョーダンは唇がひくつくのを感じた。「大人の世界は閉鎖的だからね。大人には大人の特権があるから、なおさらだ。きみが大きくなるにつれて、大人はもっと強くきみを大人の世界から引き離そうとする。きみが大人と同じように考えられるようになるまで。それが成熟するってことなんだ」

「大人って、子供には透明人間に話すみたいに話すでしょう」ホリーは言った。「でもあなたは違う」

ジョーダンは自分の子供時代の不満を思い出してうなずいた。「確かに、左耳の後ろのほうに話しかけているみたいだな」

「ママは違うの」ホリーは言った。「ママもほかの大人とは違うんだけど、でも……」言葉を濁し、共感を求めるようにじっとジョーダンを見つめる。

「でも、きみの心の奥まではわからない」ジョーダンがあとを補うと、ホリーは安堵《あんど》の笑みを見せた。彼はベッドカバーの上のホリーの手を握った。「だけどね、ぼくたちはみんな違う人間だ。他人がどう考えているか、本当にわかる人間なんていない」静かに諭す。「わかると思えるときもある。心の中が見えた気になるときも。そして美しいものが見えた気がすることも。だけど、いちばん気をつけなくちゃならないのはそういう……」ジョーダンは、自分の話していることにおののいて言葉を切った。沈黙が落ちた。その間に無難な話題を必死に探す。そのとき、手に柔らかな感触を覚えた。気づくとホリーが優しく手を握り返していた。目と目が合う。少女の目には昼間と同じ連帯感が宿っていた。

生まれて初めての経験だった。かつては恋人もいた。親友と呼べる友人も二人いる。だが、基本的に似たもの同士の本能的な共感を覚えるのは、この幼い少女が初めてだった。ジョーダンは動揺し、ひたすらホリーを見つめた。

ベロニカが飲み物を手にドア口に現れた。つないだ手を目の当たりにして立ち止まり、娘とジョーダンの顔を交互に見やる。そして次の瞬間、衝撃を覚えた。ジョーダンがベロニカをちらりと見てからホリーに目を戻し、かすかに首を振ってみせたのだ。きわめて小さなしぐさだった。けれど、それはベロニカにとってはけたたましく鳴り響く警告音も同然だった。何を話していたにせよ、ジョーダンが娘に二人だけの秘密だという合図を送り、ホリーも精いっぱい短くうなずき返していたのだ。

「さあ、飲んで」そう言ってベロニカはベッドに近づいた。「ミスター・キャベンディッシュをあまり引き止めちゃだめよ。ロンドンまで帰るんだから」

「残念だな」ジョーダンはしみじみと言った。「ここに泊まれたら、明日ももっと話せるのに」

「泊まれない?」ホリーがせがむように尋ねた。

「困らせちゃだめでしょう。ロンドンでお仕事があるんだから」ベロニカは強い口調でたしなめた。

ジョーダンは肩をすくめた。「急ぎの用件はないんだ。だが、きみたちが迷惑なら――」

「まさか」ホリーが口をとがらせて遮った。「泊まっていいに決まってるわ。そうでしょう、ママ?」

そうなると、ベロニカはこう答えるしかなかった。「もちろんよ。さあ、あなたはもう寝なさい」

ベロニカはホリーにキスをしてからベッドを離れ、ジョーダンに先に部屋を出るよう促した。すると、彼は一瞬ホリーを見つめ、頬にキスをしてから、ベロニカと目を合わせずに外に出た。

部屋を出るなりベロニカは言った。「話は下で」ジョーダンの後ろから階段を下り、リビングのドアを閉める。「どういうつもり?」

「なんのことだ?」

「わかっているでしょ。ホリーをそそのかして断れなくしたくせに。よくもこんな巧妙なまねを――」

「巧妙?」ジョーダンは口を挟んだ。

「会議室で使う手をわたしの娘に使わないで」

「ぼくの娘だ――きみの言い分では」ジョーダンの目が輝いた。

「でも、あなたの言い分は違った。そういう書類に署名したわ。それで終わり」

ジョーダンは口を開きかけ、そこで自分の気持ちの向かっている方向に気づいて愕然《がくぜん》とした。「ぼくの娘じゃないと？」

「そう認めたはずよ。法的書類を作成し、正式な証人も置いて。帰って読み直すことね」

「だから、ぼくがホリーに関心を持つのは困る？」

「あなたの関心は信頼できないから。物珍しい間だけよ。どうせそのうちあの子の気持ちも考えないで、あの書類の奥に逃げ込むわ」

「ぼくが傷つけると？　あんなに繊細な子を？」

「繊細って、あなたにホリーの何がわかるの？」

「わかるよ。彼女はほかの子供とは違う。慎重に扱ってやらないと――」

「わたしのやり方が間違っているとでも？」

「あの子をわかってやれるのはきみだけじゃない。子供には二人の――二人の大人が必要なんだ。誰であれ、あの子に父親のことを話すべきだ」

「善人ならね」ベロニカは反論した。「でも、あの子の父親は冷血漢で、ご都合主義者だから」

「さっき聞いた話とはずいぶん違う」ジョーダンの表情が陰った。「誰だ？　教えてくれないか」

ジョーダンに迫られ、ベロニカはあとずさりしたかった。けれど一歩も動けない。胸の鼓動に気づかれないよう祈りつつ、挑戦的に彼を見上げた。ジョーダンの息が乱れ、唇がかすかに開きかける。

「ただいま戻りました！」

玄関から聞こえたミセス・ヘンドリックスの声に呪縛が解けた。手足に生気が戻り、ベロニカはすばやくあとずさった。「家政婦よ」精いっぱい平静を装う。「あなたの部屋を準備してもらうわ。申し訳ないけれど、ひと晩だけね」

「それ以上は？」

「無理よ。明日にはロンドンに戻ってもらうわ」

ジョーダンの目が光った。「きみが守ろうとしているのはホリーなのか？　それとも、きみ自身？」

「部屋の支度ができたら声をかけるから」ベロニカは彼の問いを無視してその場を離れた。

ホリーがドアから顔をのぞかせた。「ママは邪魔しちゃだめって言うんだけど」期待をほのめかす。

6

「邪魔じゃないよ」ジョーダンは即座に答え、おいでと手を差し伸べた。

ジョーダンは誰よりも早くに起きだし、仕事を始めていた。古い書斎を仕事部屋にあて、ミセス・ヘンドリックスがコーヒーを運んだときにはオーストラリアの仕事相手と電話中だった。ミセス・ヘンドリックスはキッチンに戻ると、ジョーダンが朝食に同席できないことをベロニカに告げた。

娘の顔が曇るのを見て、ベロニカは怒りを覚えた。だから、前夜に彼をホリーから引き離したかったのだ。とはいえ、ここで本性を現してくれてよかった、とベロニカは思った。これでホリーも彼のことをあまりあてにしないようになる。

だが、ベロニカは娘の行動力を見くびっていた。ホリーは朝食をすませるとすぐ、こっそり書斎に足を向けたのだ。

そして今、少女はテーブルに置かれた機械を前にして好奇心で目をきらきらさせていた。

「ノートパソコンだよ」ジョーダンが言った。「どこでも仕事ができるように持ち歩いている」

「どんなお仕事をしているの?」

「よその会社を売ったり買ったり、合併させたりする会社をやっているんだ。見てごらん」ジョーダンは画面にグラフを呼び出した。「以前、印刷会社を買ったんだ。でも、この棒グラフはそこの印刷機械が充分に使われていないことを示している。だから次はこの機械を百パーセント活用するために地元の新聞社を買うことになる」

ホリーはうなずいた。「でも、なぜ印刷会社を買うの? お金を払って印刷してもらえばいいのに」

「やってみたけれど、うまくいかなかった。とにかく効率が悪かったんだ。向こうの社長がこっちの不満を気にかけてくれればよかったんだが。ぼくが社長になればもっと効率よくやれって主張できる」

「いっぱい会社を持っているの?」

「ああ、数えきれないほどね」ジョーダンは画面に所有する会社のリストを出した。「そしてこれが」さらにキーをたたく。「利益が出ているかどうかを示すグラフ。赤い字で書かれているのがぼくの頭痛のたねだ」

「赤字だから？」ホリーがしゃれで返した。

ジョーダンは笑った。「そう。だけど、やろうと思えば青にもできるんだ」キーをたたいて色を変える。「やってみるかい？」

ジョーダンはホリーを膝に抱え上げた。すると、ホリーは熱心にキーボードに触り始めた。色を変えるのに飽きると、ほかのことも試したがった。ジョーダンは次々と応じながら、彼女が同じことを聞き返さないことに感心した。のみ込みが早く、複雑なコマンドもやすやす扱っている。ジョーダンはすっかり夢中になって生き生きとパソコンを扱うホリーを見つめ、不思議な感動を覚えていた。

「大人になったら何になりたい？」

「発明家。世界を変えるようなものを作るの」ホリーは自信たっぷりに答えた。

「だろうね」ジョーダンは小声でつぶやいた。

「最新の発明品を見たい？　特製泡立て器」

「ああ、見たいな」彼は心の底からそう思った。

ホリーが出ていき、すぐに数枚の紙を持って戻ってきた。「思いついたばかりなんだけど」そう言って紙を手渡してから、ざっと目を通しているジョーダンに不安げに尋ねる。

「わかる？」

「ああ、すごくよくできている」

ホリーのアイディアは非実用的だが、子供にしては信じられないほど精巧だった。形も相対的なサイズも細かい点まで注意深く作られている。ホリーには考えを視覚化し、紙に描く天賦の才があるらしい。彼女の頭脳はもう立派な精密機械だ。複雑なものも扱える。ジョーダンの関心はますます高まった。

そのとき、背後で男の声があがり、ホリーが顔を上げた。ドアが開くや、満面に笑みをたたえてジョーダンの膝から下りた。「デレク！」

ドア口に現れたのはベロニカのアパートメントで遭遇した男だとすぐにわかった。ジョーダンは不愉快さを唇のこわばりだけにとどめて立ち上がった。ホリーがうれしそうに跳ねている。どうやら少女にとっての旧友は、新しい友人から気をそらさせるのに充分な存在らしい。ジョーダンはこの侵入者を評したベロニカの〝デレクは親切な人よ、ホリーもなついている〟という言葉を思い出し、意外にも嫉妬に似た感情を覚えていた。

「おはようございます」デレクが冷ややかに言った。「ベロニカからこちらにいると聞いたもので」

「ミスター・キャベンディッシュにパソコンを見せてもらっていたの」ホリーがデレクの手を取り、テーブルへと誘う。「わたし、触れるのよ」

「すごいね」デレクは感情のこもらない声で返した。

「見て、こんなこともできるの」ホリーはいくつかキーをたたいて色を変え、どうだと言わんばかりにデレクの顔をのぞき込んだ。

「たいしたものだ」デレクはにっこりした。「だがもうだめだよ。壊れたらミスター・キャベンディッシュに迷惑をかけるからね」

「ホリーは壊すような子じゃないよ」ホリーの沈んだ顔を見て、ジョーダンはここぞとばかりに言った。「今、ホリーが発明したものを見せてくれてね。ちょうどそれをスクリーンに描いてみようかと提案するところだったんだ。見てみたいか、ホリー？」ジョーダンは臆面もなく少女の気を引いた。そして熱心な反応を示されるなり作図に取りかかった。

図は数分でできあがった。ホリーの輝く顔がその見返りだ。

「それはなんだい？」デレクが尋ねた。

「特製泡立て器よ。わたしが発明したの」

デレクが笑った。「なんのために？　泡立て器ならすでにたくさんあるだろう」ホリーの髪をくしゃくしゃにして続ける。「そんなよけいなことは考えないで、子供らしくもっと楽しむんだ」

ジョーダンはホリーと目を合わせた。彼のウィンクに、ホリーが笑いをこらえる。

「じゃあ、ここでお利口にしていたことをママに報告してきたらどうだい？」

ばかにしないでと言わんばかりに、ホリーはジョーダンをにらみつけた。「ほんとはわたし抜きで話をしたいんでしょう？」

「ばれたか」ジョーダンはにやりとした。「さあ、行って」

デレクは眉をひそめ、弾むような足取りで部屋を出ていくホリーを見送った。「教育上よくないんじゃないかな、あんなことを認めるのは」

「きみなら否定したと？」

「もちろんだ」

「そしてあの子の知性を侮って不興を買った」

「いったい、何をしに見えたんです？」デレクが尋ねた。

「責任を重く受けとめろ――そう言ったのはきみじゃなかったかな」

「だからといって、前触れもなく押しかけてベロニカを怒らせなくてもいいでしょう。どうせすぐに帰るんでしょうが」

「帰るとも」ジョーダンは不機嫌なまなざしをデレクに注いだ。「我々はできるだけ顔を合わさないほうがよさそうだからね、誰のためにも」

「同感です。ホリーにおかしな考えを植えつけられては困る。そうでなくても変わった子だから。ひとりで過ごす時間が長かったせいだと思うけれど、早く学校に戻り、ほかの子たちになじまないと」

ジョーダンは叫びたいのを必死にこらえた。「いいか」ぐっと抑制をきかせる。「あの子はほかの子とは違う。ずば抜けて頭が切れる。ああいう子を凡人の型に押し込めるのは拷問に等しい」

「ばかばかしい！　ホリーはそういう時期なんだ。おかしな方向にそそのかさなければすぐに変わる」

ジョーダンは目を険しく細めてデレクを見据えた。「ホリーの父親が誰か、きみはベロニカから聞いているか？」

デレクは訳知り顔で笑った。「誰が父親でないかは知っていますよ。書類で」ジョーダンの冷酷な表情を見て笑みが小さくなる。

「それを口に出すとは実に勇敢だな」ジョーダンは冷ややかに言った。「だが覚えておいてくれ。ぼくは自分のことに口出しされるのを好まない」

「それはこちらの言い分でしょう」デレクはいくぶん勇気を取り戻して言った。「この件に関してはあなたのほうが新参者だ。口出しをする権利がどこにあるんです？」

答えられないことがさらに癇《かん》に障った。ジョーダンは荷物をすばやくまとめだした。このままここにいたら、刑務所行きになりかねない。ジョーダンは猛然と部屋を出てベロニカを捜した。彼女はエクササイズの最中だった。

体の線があらわになるレオタードはわざと避けたのか、ベロニカはスウェットパンツに大きめのシャツという格好だった。リビングの床で仰向けになり、音楽に合わせてゆっくりと脚を持ち上げている。目は閉じ、胸は深い呼吸に合わせて上下していた。

ジョーダンは一瞬その場に立ちつくし、彼女が振り向くのを待った。ゆっくりと動く肉感的な丸いヒップが腰の細さを際立たせている。ジョーダンは怒りから気をそらすまいと、ぐっと奥歯を噛《か》みしめた。

「ふうっ！」ようやくベロニカが声を出し、腹部の筋肉を押さえた。ジョーダンが音楽を止めると同時に、彼女は目を開けた。「何をしているの？」明らかに不愉快そうな声だった。

「話がある。きみが本気であの男と結婚するほど、頭がいかれているのか確かめたくてね」

ベロニカは目をきらりと光らせて起き上がり、ソファのアームに腰をかけた。「デレクのこと？」

「ああ。彼はきみと結婚するつもりらしい。きみはどうなんだ？」

「そもそも」ベロニカはむっとした顔になった。「あなたにそんなことをきく権利はないでしょう。誰と結婚するかはわたしの問題よ、わたしだけの」

「違う。ホリーにも関係がある。あんなずる賢い驢馬《ろば》みたいな男をあの子の義理の父親にしようだなんて、理解に苦しむ」

「よくもデレクを批判できるわね」ベロニカはかっとなって言い返した。

ジョーダンはうなった。「親切な男だという話ならよしてくれ。ある種の親切は愚かさと同じで、残酷につながる。たとえ善意からすることでも、あの男をホリーに押しつけるのは残酷きわまりない」

「わたしが愚かだと？」

「あの男が愚かだと言っているんだ」

「あなたの基準ではそうかもね。お金を稼ぐことに命を賭けていないから。彼にはそれより大切なことがあるから。わたしが誰かにそばにいてほしいときに、彼はいてくれたわ。ホリーが手術をしたときも病院に駆けつけてくれた」ベロニカの目の前でジョーダンの唇がよじれた。「どうぞ、あざ笑えば」

「あざ笑う？」

「違う？　あなたにはさぞかしおもしろいでしょう。わざわざ金もうけの時間を割いてまで自分の感情を示そうとする人間がいるなんて、史上最高の笑い話じゃない？」

「今は、そうだ」ジョーダンは淡々と認めた。

「やっぱり。デレクはわたしのために時間を割いてくれた。それがわたしにはすごく大切なことなの」

「彼がそれほどすばらしい男なら、なぜきみのために金を用意しなかったんだ？　彼はきみが裸でポーズをとるのに反対したか？」

「理解してくれたわ、愛しているから――」

「いい加減にしろ！」ジョーダンは激しい口調で遮った。「本気で言っているのか？　きみを愛していたら、あんな写真に耐えられるわけがないだろう。愛していたら、家を売ろうがぼろを身にまとおうが、どんなことをしてもほかの男の目にさらすまいとするものだ。本当にあんな情けない男をホリーの父親にするつもりか？　あの子のことを何もわかっていない男を」

「あなたはわかっているというの？」

「ああ。自分も通ってきた道だ、それがどういうものかはわかっている。ぼくの周囲も、ぼくを反抗的と見なすくだらない教師ばかりだった。ああ、確かにぼくは反抗的だった。連中の教えていることが退屈でしかたなかった。何歩も先に進んでいたからだ。退屈なあまり道を踏み外しそうにもなった。ホリーに同じことが起こるのをぼくが黙って――」

「あなたにホリーの将来に口を出す権利はないわ。わたしの手もとにはあなたの署名入りの書類があるの。この国のどの裁判所で争ってもわたしが勝つ」

「またその話か……きみもきみだ、どうしてあの書類を彼に見せたんだ？　ぼくたち二人の間でとどめておくはずだったのに」

「見せていないわ。でも、あなたに手術代を払ってもらった理由を説明する必要があったのよ」

「言わなきゃ、ぼくがどんな見返りを求めたか下手な勘ぐりをするからか？」ジョーダンはにやりとした。「よかったよ、聖人デレクにも人間らしい欠点があるとわかって」

「下品な言い方はやめて」ベロニカはたしなめた。

自覚はあった。腹立たしいことに怒りで自制心が働かなくなっている。「悪かった」ジョーダンは謝った。「しかし、デレクとの件をどうするつもりか聞かせてくれ」

「まるで従業員に話しているみたい」ベロニカは皮肉を込めて言った。「〝スミス、この局面をどうするのか聞かせてくれ。ブラウン、時間管理をどうするのか聞かせてくれ〟彼らに答えを求める権利はあっても、わたしに対してはないのよ、ジョーダン」

ジョーダンは疲れた様子で髪をかき上げた。「わかったよ。だが、頼むから、デレクとのことをどうするつもりか教えてほしい」

「いやよ。自分がどうするかも娘をどう育てるかも、あなたに教える義務はない。それより今すぐここから出ていって。言い争いをホリーに聞かれたくないの。動揺させたくない」

ジョーダンは好戦的に顎を上げたが、言葉を発する前にふと外の気配に気を取られた。庭に目をやると、ホリーが笑い声をあげながらデレクとボールを蹴っていた。

ジョーダンは一瞬ベロニカに目を留め、それから何も言わずに部屋を出ていった。数分後、彼の車が走り去る音が聞こえた。

取り立てて何をするわけでもない、のどかで幸せな一日だった。ホリーと一緒にこんな日を過ごすことは二度とないかもしれないと思えるような日だ。それゆえベロニカは、何がどうとは言えない違和感を覚える自分にいらだった。デレクはいつもと同じだった――強がりで、優しくて、常識的で。これまではそれが心強く思えた。ときおり見せるうぬぼれた態度もさほど気にはならなかった。けれど今は鼻についてならない。

ホリーが昼寝のために二階に上がると、デレクから庭の散歩に誘われた。ベロニカはなんとか心を落ち着かせようとした。彼の愛が変わらないのはわかっている。変わったのはおそらく自分だ。デレクに好意は持っていた。けれど、それを愛だとは、自分をだませなくなっていた。

愛は稲妻のようなものだ。相手のそばにいるだけで怖くなって、考えるだけで甘くほろ苦い思いで胸がいっぱいになる。世界にその人しかいない気がして、手に入らないとわかると苦しくて、でも誰もその人の代わりにはならない。

「ここはいいところだね」デレクが言った。「だがきみは早く出たいだろう」

問いかけではなかった。そうでもないと言いたい衝動に駆られたが、ベロニカはこらえた。「ホリーの回復が優先よ。でも、もう少しかかりそう」

「だが、ぎりぎりまで待ちたくないはずだ。きみにはあまり快適な環境じゃないからね。彼が勝手に出入りしている。それ以上にぼくがいやなんだ、きみが彼に恩義を感じる状況は」

「ここにいなくても、それは感じると思うけれど」

「くだらない。向こうは義務を果たしただけだ。しかも金ならうなるほどある。きみが恩に着る必要はない。そう思うように仕向けられているだけだ」

「彼はあの書類以外、何も求めていないわ」

「あの書類があってよかったよ。ぼくたちが結婚したら、ホリーはぼくの娘だ。あの男におかしな考えを抱いてほしくない」

「おかしな考えって？」ベロニカは彼を見つめた。

「あの子のことを彼がどう言ったか、聞かせてあげたかったよ。急に独占欲が出てきたようで、すごく不愉快だった」デレクが満足げに笑った。「だから言ってやったよ、そういうのはやめてくれって」

「ジョーダンに？」ベロニカは耳を疑った。

「ああ。今さら口を挟む権利はないだろうって。きみが必要としているときに捨てたくせに」

ベロニカは目を見開いた。「本当にそんなことを言ったの？」

「言い方は違うが、似たようなことをね。そうしたら、あいつはひどく取り乱し、すぐに部屋から出ていったよ。恥ずかしくなったんだろう」

ベロニカはそのシーンを思い描いて、噴き出しそうになった。自分のもとに来たときの、ジョーダンの怒りでおかしくなった様子が思い出される。彼は恥ずかしかったわけではない。「正確に言うなら、彼はわたしを捨てたわけじゃないわ」落ち着かない気分で続ける。「ある意味、わたしが彼を捨てたの」

デレクが耳障りなほど愉快そうに笑った。「また甘いことを。今さらジョーダン・キャベンディッシュをかばう必要がどこにある？　きみが言ったんじゃないか、脅されて署名させられ――」

「脅されたとは言っていないわ」

デレクは肩をすくめた。「言葉云々《うんぬん》はたいした問題じゃない」

「弁護士として、言葉がどれだけ大切かはわかっていると思っていたけれど」

「ああ、わかった、降参だ。その点は認める」デレクはなだめにかかった。「だが、当時彼に受け入れる気配があれば、きみも妊娠を伝えていた。そうだろう？」

「そうだけど……あなたの口から言われると、なんだかひどく聞こえるわ」

「きみに事実をありのままに見てほしいんだ、ベロニカ。きみにひどいことをした彼にはなんの権利もない。しかしあの手の男は、欲しいものはなんでも手に入ると思っている。そのうえ、ホリーに執着し始めた。ぼくは彼が何かしら主張してくると思う」

「ありえないわ、彼は家族なんて求めていない」

「それは当時の話だろう。今じゃ彼はトップに君臨する身だ。家族ができても面倒なことは何もない」

「つまり、親権を主張すると？　まさか。それに裁判所だって独身の男親に親権は渡さないでしょう」

「たぶんね。しかし、彼なら結婚相手は容易に見つかる。軽い付き合いの女性はごまんといるはずだ。あの手の男はそういうものだ」

「ばかばかしい！」ベロニカは否定しながらも、ジョーダンがそっとホリーと目配せを交わしていたことを思い出していた。「ありえない」確信していると聞こえるように語気を強める。

「一方、きみには例の書類がある。それに、きみとホリーの面倒を見るぼくもいる」デレクはベロニカを引き寄せた。「身内に弁護士がいるのは便利だ」

デレクが彼女の唇にキスをして、ぎゅっと抱きしめた。ベロニカは彼の腕の中で、これまでと同じ安らぎと心地よさがわいてくるのを待った。けれど悲しいかな、何も起こらなかった。

「いいね」デレクはじれったそうにベロニカの腕をさすった。「きみは何も心配することはない。時間の無駄だ」わざとらしい笑い声をあげる。「結婚はできるだけ早いほうがよさそうだ。そうすれば、きみもぼくのことだけ見てくれるかもしれない」

「そうね、わたしはあなたにあまり注意を払ってこなかった」ベロニカはようやく話の出口を見つけてほっとした。「これではあなたに申し訳ないわ」

「ぼくが不満を言ったことがあるか？　婚外子を産んだことだって、裸身をさらしたことだって、ひと言も責めていないだろう？　あのポスターが出たときにはオフィスでずいぶんからかわれたよ。それでもきみのことには口出しをしなかった」

　ベロニカはこれまで胸の中でもやもやしていたものがなんだったのかようやく気づき、ふっと息を吐いた。「ええ、そうね」そして言った。「あなたはすごく寛大な人だわ、デレク」

　彼は否定しなかった。「だったら……」

「でもこれ以上、あなたの寛大さに甘えてはいけないと思うの。ふさわしくない女と結婚して、同僚からまたからかわれるような目に遭わせたくない」

　もともとデレクは察しのいいタイプではなかったが、それでもベロニカの目の光は見間違いようのないものだった。「きみは動揺しているんだ。続きはまた別の機会に」慌てて言う。

「いいえ、ここで決着をつけましょう。わたしは友人として別れたいから」

「別れる？」

「結婚はできないわ。これまでの親切には感謝している。でも、わたしはいい奥さんになれそうにない。その気があると誤解させたならごめんなさい。でもずっと複雑な気分だったの」

「今は違うとでも？」皮肉のこもった口ぶりだった。

「どういう意味？」

「いや、ただ億万長者を誘惑できると踏んだのなら、あとで痛い目に遭うだけだと思ってね」

「デレク、どうやらあなたの悪天使は超過勤務でお疲れみたいね」ベロニカはきっぱりと告げた。「その口を閉じて、下手なことを言わないようにできないんだから。何はともあれ、わたしは、わたしの娘を〝婚外子〟と呼ぶ人とは結婚できないから」

「だが事実だ」デレクはぽかんとして言った。

ベロニカは深呼吸をした。「法的にはね。でも、わたしがその言葉をなぜ不快に感じるのかわからないなら……」熱くなりすぎないよう自制する。「ここでお別れしたほうがいいわね」

ベロニカは彼の頬にキスをして、すばやくあとずさった。そうなるとデレクは立ち去るしかなかった。彼女は玄関先で彼の車が走り去るのを見送った。彼が納得していないのはわかっていた。けれど、ベロニカはほんの少しすっきりしていた。

ジョーダンの富と名声は鋭い知性と強靭《きょうじん》な精神力、そしてすばやい判断能力が築き上げたものだ。なのに、このところ衝動的な行動をとりがちなのが、我ながらどうにも気がかりだった。

突如パリから戻って病院に駆けつけたのがいい例だ。そしてベロニカがデレクに慰められているのを見て傷つき、思い知らされた。衝動的な行動などとるものではないと。

今もそうだ。立ち去って数時間後、懲りずにまたもエルムブリッジに引き返していた。到着したとき、日はまだ落ちきっていなかったが、デレクの車はどこにも見当たらなかった。ジョーダンは家の横手にまわり、先ほど入ったフレンチドアに近づいた。部屋の中は無人だった。だが家の奥へと進むと、二階からホリーの声が聞こえてきた。そこへ、ときおりベロニカの声もまじる。

ジョーダンは急に二人の姿をのぞき見したくなり、足音を忍ばせて階段を上がった。ホリーの部屋のドアがほんの少し開いていた。隙間から中をのぞくと、少女は漫画の動物が描かれたフランネルのパジャマ姿でベッドに起き上がっていた。部屋は小さな常夜灯だけで、その明かりがホリーの顔に柔らかな光を投げかけている。

ベロニカの姿はベッド脇の、ほとんど暗がりになっているところにあった。赤みがかった金色の髪だけがほんのりと明かりに照らされている。彼女は優しい笑顔で、ホリーのおしゃべりに耳を傾けていた。二人を結びつけている愛という絆《きずな》が目に見えるようで、ジョーダンは胸を締めつけられた。

立ち聞きする気など毛頭なかった。ただこの場を離れたくなかった。部屋からもれ出るぬくもりに包まれていたかった。ジョーダンは見つからないように息を殺した。ホリーは発明品の話をしていた。

「絶対に成功すると思うの。ジョーダンがスクリーンに図を描いてくれたときも、うまくいってたし」

「ジョーダンのことが好き？」ベロニカはためらいがちに尋ねた。

ホリーがうなずく。「わかってくれるから、話していると楽しい」

「何をわかってくれるの？」

「全部」ホリーは簡潔に答えた。

一瞬の沈黙のあと、ベロニカは続けた。「あなたとジョーダンが仲よくなるのはすてきなことよ。でも、次に会える日を待つのはよしましょう。とても忙しい人だから」

「仕事ならここでもできるのよ、マミー。パソコンに、持っている会社を全部出して見せてくれたの。すごくおもしろかった」

「よかったわね。でもお仕事の邪魔はしちゃだめ」

「大丈夫そうだったわ。ほんとよ。不機嫌になったのはデレクが入ってきたときだけ」

「そう、何があったの？」

「別になんにも。だけど、毛を逆立てた犬が二匹いるみたいだった。それからジョーダンは、さよならも言わずに出ていっちゃったの」

「気を悪くしないで」

「気を悪くなんかしないけど、でもジョーダン、なんだか寂しそうだったから。親しい人が誰もいないみたいな……」

「彼には誰も必要ないんじゃないかしら」ベロニカは顔をしかめた。「ひとりで平気な人よ」

「だったら、どうしてあんなに悲しそうなの？」

答えるベロニカの声は明るく、愉快そうですらあった。「あなたの気のせいよ、ホリー」

ジョーダンは暗がりへとあとずさり、壁にもたれた。心が重かった。かつては自分に寄り添い、心を尽くそうとしてくれた女性が、今ではこんな皮肉めいた口調でまるで他人事《ひとごと》のようにぼくのことを話している。

「気のせいじゃないわ、マミー」ホリーはふくれっ面をした。「ほんとに悲しそうだったの。それにマミーが見ていないとき、変な目をしていたんだから。マミーの肩越しに何かが見えるみたいな」ホリーは言葉を切ってから、遠慮がちに尋ねた。「ジョーダンのこと、マミーは前から知っていた？」

「ええ。昔はお友達だったんだけど、しばらく会っていなかったの」何気ない口調でベロニカは答えた。

「でも、今は好きじゃないのね」少女が言う。

「そんなことないわ」

「ううん、好きじゃない。ジョーダンに帰ってほしそうだったもの。彼がいたときはぴりぴりしてた」

「あなたになつきすぎてほしくないだけ。彼がわざわざ会いに来てくれたのはうれしいの。でもたぶんこれっきりだと思う。彼の生活にわたしたちの居場所はない。詳しくは言えないけど、でもそうなの」

闇の中でジョーダンの指の関節が白く浮き上がった。いっそう壁に身を寄せ、ホリーの声に耳を澄ませる。

「あの人が――ジョーダンがわたしのお父さん?」

永遠にも思える沈黙が続き、やがてベロニカが口を開いた。「お父さんのことは前にも話したわね。ママが話せるときが来るまで待っていてって」

「でも……あの人なの?」ホリーは粘った。

「今は我慢して。いつかきっとすべて話すから。それまで、あの人を父親だと思ってほしくない」

動かないように抑え込んだ筋肉がうずいていた。ジョーダンはゆっくりと息を吐き、そっと階段へと向かった。そして忍び足で一階に下りると、ベロニカに気づかれないうちに家を離れた。

自宅への帰途、最初のうちは怒りに任せて自分を罵っていた。やがて冷静さを取り戻すと、可能性を計算して手段と方法を探った。そして自宅に着く頃には、計画はほぼできあがっていた。

自宅で高価な酒をつぎ、その計画を再度、詳細に点検した。そしてすべてに納得がいったところで、ジョーダンは受話器を持ち上げ、ロレインに電話をかけた。

7

ベロニカはミセス・ヘンドリックスとすっかり仲よくなっていた。口数は少ないながらもなかなか鋭い女性で、デレクの態度をこう評した。

「なんだかうちのアルフレッドを思い出すわ」どうやら彼女は亡くなったご主人にあまりいい思い出がなさそうだった。「うちの人もね、わたしが病気のときはほんとにいい人だったの。紅茶もいれてくれるし、優しい言葉もかけてくれる。でも、こっちが元気になったとたん、また怒鳴りだしたものよ」

「でも、わたしは病気じゃなかったのに」

「つらい時期だったでしょう?」ミセス・ヘンドリックスはよく見ていた。「もう大丈夫と踏んだから、上品な仮面を脱ぎ捨てたのよ。ここでわかってよかったじゃないの。言わせてもらえば、もうひとりの男性のほうがずっとよさそうだった」

「もうひとりなんて、いないわ」ベロニカは断言した。

ミセス・ヘンドリックスから低いうめき声が返ってきたが、ベロニカは無視した。

　退院時にジョーダンが雇ってくれた運転手付きの車が、週に一度やってきてホリーを定期検診のためにジェームソン・クリニックに送ってくれた。今ではウェストン医師ともすっかりなじみ、気楽におしゃべりを交わす仲になっている。いつも陽気だが、外科医としてはきわめて優秀だ。そのウェストン医師からホリーが順調に回復していると聞き、ベロニカは心底安堵《あんど》した。

　帰宅する前に、ホリーは街のいろいろな店を見てまわりたがった。とりわけパソコンの専門店を。パソコンへのホリーの関心を最初にかき立てたのがジョーダンだとわかっていたので、ベロニカは複雑な気がしたが、それでもだめだとは言えなかった。

　初めて二人で街に繰り出した日、ひととおり歩きまわったところでベロニカが言った。

「ああ、今すぐお茶を飲まなくては倒れそう」

　ホリーがそばの建物を指さした。「じゃあ、あそこへ行こうよ」

「ちょっと、あれはリッツよ！」ベロニカは声を張り上げそうになった。

「でも、みんなお茶を飲んでるじゃない」ホリーが言った。「ほら、窓から見える」

　ロンドンの最高級ホテルでお茶だなんて、考えるだけで息がつまったが、喉がからからで引き下がる余裕もなかった。重い足取りでティールームに入り、いざ席に着くと、値段は思っていたほどでもなかった。ホリーはクリームケーキにうっとりと吐息をもらし、猛然と食欲改善の成果を示した。それからはリッツでお茶をするのが通院時の恒例となった。

出ていってと追い出した日以降、ジョーダンから連絡はなかった。これでよかったのだと自分に言い聞かせたものの、失望感は拭えなかった。仲たがいして別れたことがつらかった。たとえ彼の理不尽な言動が原因とはいえ。それに、デレクと結婚しないと決めたことを報告したい気持ちもあった。

ジョーダンの訪問から数日後、二人は再び街に行き、ウェストン医師から定期検診はあと数回でよさそうだと告げられた。

母と娘はリッツのエクレアで祝った。ホリーはノンストップでしゃべり続けた。次から次へとわいてくる入院中のエピソードに、ベロニカはときおり笑い声をあげながら耳を傾けた。

ふとホリーの背後に見えるバーの入口に目が行き、そのとたん笑みが凍りついた。アーチ道の奥の席にジョーダンの姿が見えたのだ。最新のファッションに身を包んだ美女と一緒だ。遠目にもひどくお金がかかっている女性であることが見て取れる。そして振り返った拍子にわかった。ロレイン・ハスラムだ。

動揺する理由はない、こちらからジョーダンを突き放したのだから。彼がそれを言葉どおりにとらえて〝いつものお相手〟のもとに戻るのは当然の成り行きだ。そう思いながらも、ジョーダンがこの落ち着き払った女性と一緒にいるところを見るのはつらかった。彼を自分のものと言わんばかりに身を寄せて、ほほ笑む女性と。その笑みに含まれる親密さにベロニカは胸を射抜かれていた。

視線をそむけようとしたものの、ロレインを見るジョーダンの表情を確かめずにはいられなかった。彼女を愛しているの？　目には、いつかわたしに見せたような欲望が宿っているの？　しかしバーは薄暗くてはっきりとは見えなかった。椅子の背に寄りかかってときおりほほ笑みながら話しているのはわかっても、目もとまでは判然としなかった。

ロレインが声をあげて笑い、ほんの一瞬、周囲の雑音がやんだ瞬間があった。「あらそう……」

ベロニカの耳にそう言うロレインの声が届き、あとは再び雑音にかき消された。

ウエイトレスがテーブルにやってきた。「追加のご注文はよろしいですか、マダム？」

「じゃあ、紅茶のお代わりをお願い」

失敗だった。ホリーを立ち上がらせ、すぐに店を出ればよかったのだ。けれどもリラックスした様子で女性と過ごすジョーダンの姿から目が離せなかった。ホリーの言葉にほほ笑みながらも、ベロニカは痛いほど嫉妬に苛《さいな》まれていた。

やがてジョーダンがブリーフケースから長く平たい箱を取り出し、ロレインに手渡した。彼女がそれを開ける。遠目にも見事なダイヤのネックレスだとわかり、ベロニカの口から苦いため息がもれた。彼ほどの財力なら、なんでもないに違いない。

ロレインが歓喜の声をあげ、テーブル越しにジョーダンの頬に手を触れた。彼は居心地悪そうにその手を頬から離し、ぎこちなく笑った。つまり、公衆の面前で相手の男性に気恥ずかしい思いをさせても平気なほど、女性のほうは自分の立場に自信があるということだ。ベロニカは二人の様子を見ていられなくなり、顔をそむけた。

新しく紅茶のポットが運ばれてきた。ベロニカはそれをカップにつぐことに気持ちを集中させた。次に顔を上げたとき、ジョーダンとロレインはちょうど席を立ったところだった。アーチ道を抜けてロビーに出たところでジョーダンが何気なく周囲を見まわし、ベロニカに気づいて体をこわばらせた。一瞬目と目が合う。近い距離ではなかったが、それでも彼の狼狽《ろうばい》ぶりが手に取るようにわかった。唇が引きつり、めったに見せない優柔不断さがのぞく。やがて彼はロレインの腕を取り、出口へと促した。

だが、ベロニカの視線を追ってジョーダンに気づいたホリーがそれを阻んだ。ホリーは瞬時に立ち上がるや、母親の制止を無視してジョーダンに駆け寄った。ベロニカは息を殺し、ただ彼が不快感をあらわにしないことだけを祈った。ホリーにほほ笑んでくれたときにはほっとした。それでも彼の態度はどこかぎこちなかった。

駆け寄ったベロニカにも丁重に挨拶をしたものの、早急に切り上げたがっているのは明らかだ。

「ベロニカ、ロレイン・ハスラムを紹介するよ」ジョーダンは言った。「ロレイン、こちらの女性はベロニカ・グラント、そしてお嬢さんのホリーだ」

二人の女性は互いに曖昧な笑みを浮かべて会釈をした。ホリーはロレインに手を差し出し、〝はじめまして〟と告げた。

ロレインはその手を無視して軽く抱きしめ、香水で包んだ。「まあ、かわいいお嬢ちゃん」

ホリーはいやそうに身をくねらせたが、自分から腕を振りほどくような不作法なまねはしなかった。

ロレインは身を起こし、ジョーダンに向かってほほ笑んだ。「あなたにこんなにチャーミングなお友達がいたなんて。少しご一緒しましょうよ」

礼儀上、ジョーダンもベロニカも喜んでいるふりをするしかなかった。本当に喜んでいたのはホリーだけだ。少女は我先にジョーダンの隣の席に陣取った。ロレインは落ち着いた態度で反対側の隣に座り、残されたベロニカはローテーブルを挟んだ向かいの席でジョーダンの顔を正面から見る羽目になった。嫉妬のせいか、ベロニカにはジョーダンが自分の視線を避けているように思えた。

「どうしてここに?」ジョーダンがホリーに尋ねた。

「今日は検診の日。それでね、病院に来るのはあと二回でいいって言われたの」少女はご機嫌で話した。

「まあ、病気だったの?」ロレインが甘い声で言った。「かわいそうに」

「心臓の手術をしたの。でも、もうよくなったの」

「あなたは勇敢ね」ロレインが輝くような笑みを向けた。「ずいぶんつらい思いをしたでしょうに」

「ううん、楽しかった」ホリーは言った。「ジョージは違ったと思うけど。ほら、用務係の」ベロニカに向かって言う。

「あなたが謝っていた人?」ベロニカがきいた。

「そうよ」

「何をしたんだい?」ジョーダンが口を挟んだ。

「廊下でわたしの車椅子を押してくれていたとき、看護師さんに会ったの。すごくきれいな人で、彼、一瞬わたしのことを忘れたの」ホリーはくすくす笑った。「で、視線を戻すと、わたしは消えていた」

「ホリー!」ベロニカは驚愕《きょうがく》の声をあげた。

「こっそり洗濯室に隠れたの。見つからなくてジョージは大慌て。〝大変だ、どうしよう!〟」

ジョーダンは笑った。「きみが退院したときには、さぞかしみんなほっとしただろうね」

「そうみたい」ホリーは陽気に認めた。

ベロニカは必死に笑いをこらえたが、唇が震えた。ふとジョーダンと目が合い、つかの間、心が通い合う。ロレインを締め出して。その瞬間、ロレインは目を細め、見つめ合う二人の顔を交互に眺めていた。

「ほんと、おてんばなんだから」ベロニカはそう言ったが、口調はきつくなかった。

「まあね」ホリーは少しも悪びれず、楽しそうに続けた。「わたしの入院があれ以上長引いていたら、神経がもたなかったってジョージは言ってた」

「ホリー」ベロニカはそっとたしなめた。「おしゃべりがすぎるわ」

「あら、いいのよ」ロレインはまた甘い声を出して言った。「ほんとにかわいい子ね」

この褒め言葉にホリーが心を動かされた気配はなかった。完璧な笑顔でロレインに応える。その無意味な礼儀正しさから、娘が珍しく強い嫌悪感を抱いていることに気づいてべロニカはひやりとした。ゴシップ誌に書かれていたロレインの紹介文が頭をよぎる。〝人生の楽しみ方を知るセレブ。交友関係が広く、生活感のない……〟

ロレインは考え込むようにじっとホリーを見つめた。ベロニカが思わず我が子をつかんで、逃げだしたくなるほどに。けれどもホリーは気にする様子もなく、ジョーダンに向き直った。

「エルムブリッジにちっとも来てくれないのね」

「そのうち行くよ」ジョーダンは約束した。

「エルムブリッジ」ロレインが繰り返した。「なんてチャーミングな名前かしら！」

「田舎にあるわたしたちの家よ」ホリーは礼儀正しく説明した。「でも、本当は違うの。ママのお友達の家で、わたしたちは住んでいるだけ」

「すてきなお友達ね」ロレインが言った。「あなたもきっと彼が大好きなのね」

「彼か彼女かも知らないの。ママが教えてくれないから」

「あら、ママったら意地悪ね」ロレインがわざとらしい声をあげた。

「どちらでもいいことだから」ベロニカが言った。

「そうだな」ジョーダンの口調は明るかった。

だが、ベロニカの嫉妬に駆られた目には彼がひどく慌てているように見えた。

彼はホリーの髪を撫《な》でながら続けた。「時間ができたら、会いに行くよ」

「いいわね」ロレインがホリーに言った。「ジョーダンはすごく忙しくて、時間のない人なのよ」

「ママもそう言っていた」ホリーが言った。「でもほんとに来てくれる?」ジョーダンに念を押す。

「約束するよ」ホリーが次の言葉を口にするより先に、ジョーダンは少女の気をそらした。

「アイスクリームはどうだい?」

「わあ、食べたい」

ジョーダンはウエイトレスを呼び、ストロベリーリプルにするかチョコレートファッジにするか、ホリーと熱心に相談し始めた。

ロレインはベロニカに、チェシャーキャットを思わせる不気味な笑みを向けた。「ジョーダンがあてにならないとわかっていらっしゃるなんて、彼をよくご存じなのね」

ベロニカはただ無言でほほ笑んだ。ロレインの口車に乗る気はない。

返事を得られないと悟り、ロレインはわずかに口元をこわばらせた。それからベロニカに視線を走らせ、その若さと美貌を目にして何かしら気づいたようにうなずいてみせた。

「じろじろと見たりしてごめんなさい」感じのよい口調で言う。「この子のお母さんにしてはあまりにお若いから。わたしの聞き間違いだったのかしら。ひょっとしてお姉さん？」

「母です」ベロニカは硬い口調で答えた。

「ずいぶん若いときに出産なさったのね」

「ええ」ベロニカは応戦した。「でも、子供を産むのは若いに越したことはないんじゃない？」

「どうかしら。わたしはそんな幸運に恵まれなかったから。というよりそこまで考えていなかった。その点、あなたとあなたのご主人は立派だわ」

ロレインはベロニカの指輪のない左手に視線を向けるほど愚かではなかった。それでもロレインの意図は明らかだ。ベロニカは胸の内を隠してほほ笑んだ。「でも計画どおりにいかないことも多いから」

ロレインはやたらと甘ったるい含み笑いをもらした。「そうね。でもそこのおちびちゃんが〝過ち〟なら、あなたはずいぶん賢明な過ちをなさったわ」ロレインはそこで少し間をおき、意味ありげな口調で続けた。「あんなに明るくて、かわいらしいんだもの。だけど、大手術をしたばかりの気の毒な子がこんなに出歩いていいの？」

「そんな呼び方はやめてください」ベロニカは言い返した。「医師からはもうすっかりよくなったと言われているんです」

「それに、すてきな田舎暮らしもできているしね」ロレインは猫なで声を出した。「田舎の邸宅を自由に使わせてくださるお友達がいらっしゃるなんて、あなたは交友関係に恵まれているのね」

柔らかな物言いに潜むあからさまな侮辱に、ベロニカは応酬した。「ええ、友人には恵まれているんです。誠実で正直な人ばかりで、お金ですべてを解決しようなんていう人はひとりもいません。もっとも、友情って、基本的にはそういうものですけど」

ロレインの目が険しくなった。それでも口元には笑みが張りついている。「そうね」彼女はつぶやいた。「本当に、そう」

その言い方に、ベロニカの背筋を震えが駆け抜けた。「ホリー、早くアイスクリームを食べてしまいなさい。そろそろ帰らないと」

ホリーと話し込んでいたジョーダンがベロニカの声ににじむ刺《とげ》を聞きつけて顔を上げ、

彼女のサインをとらえた。「ぼくたちもそろそろ行こう」毅然《きぜん》とした口調で告げる。「あら、まだいいじゃない……」ロレインは笑いながら抵抗したが、ジョーダンは肘を取って有無を言わさずに立たせた。

ロレインはまたもホリーを香水で包み込んでから、ジョーダンに連れられて去っていった。

ホリーは憂鬱な目で二人を見送った。「マミー、わたし、あの人、嫌い。わたしのことを〝おちびちゃん〟って呼んだのよ」

「ええ」ベロニカは顔をしかめた。「聞こえたわ」

ある朝、ホリーが尋ねた。「マミー、ジョーダンは山賊なの？」

どきっとしたが、ベロニカは気を取り直して尋ねた。「どうしてそんなことをきくの？」

「ガービン・レッドウェイって人に〝夜明けの急襲《ドーンレイド》を開始〟って新聞に書いてある」ホリーが朝食のテーブル越しに新聞を押しやった。ジョーダンの写真の下に〝キャベンディッシュがレッドウェイを乗っ取る〟との見出しが躍っている。

〝実業家ジョーダン・キャベンディッシュはレッドウェイ社の株式に対してドーンレイドを行い、ガービン・レッドウェイと熾烈《しれつ》な権利争いを繰り広げていることを認めた。これにより、彼は巨大企業の経営権を握るのにあと一歩まで近づいた……〟

ベロニカは最後まで目を通してから言った。「どうやら六連発拳銃を振りまわしたわけではなさそうね。ドーンレイドは株の買い方のことみたい」

ホリーの顔が一瞬沈んだが、すぐにぱっと明るくなった。「今度、本人にきいてみよう」

「ホリー、期待しちゃだめって言ったはずよ」ベロニカは不安だった。「もし新聞に書いてあるとおりの状況なら、そんな余裕はないはずだから」

「会いに来てくれるってば。約束したんだから。友達だもの」ホリーは言い張った。

ロレインと一緒にいるジョーダンに出くわしてから二週間、なんの連絡もなかった。ベロニカの心は二つの不安の間で揺れていた。ホリーがここまでなついた男性の関心がせいぜい気まぐれでしかなかったとしたら？　逆にジョーダンの関心がふくらんで、もっと永続的な関係を主張してきたら？　その関係にわたしは含まれない。そうなると闘うしか道はない。ジョーダンはホリーを相続人にしてくれるだろう。でも、ロレイン・ハスラムがホリーの母親になる。あの気取った生活感ゼロの女性に傷つきやすい幼い娘を任せるなんて、とうていできない。

さらに動揺したのは、ホリーがジョーダンの名前が出ている新聞記事を熱心に読むようになったことだった。大半はちんぷんかんぷんな様子だったが、ベロニカが思う以上に理解していて、権力争いにもひどく関心を寄せていた。ジョーダンの厳しく疑《うたぐ》り深い性格は別として、ホリーが父親の知性を受け継いでいるのは明らかだった。

ベロニカは、ジョーダンがかつて話してくれた養護施設での暮らしを思い出さずにはいられなかった。あの人にもし温かな家庭があれば、どんな男性になっていたかしら？

ベロニカ自身もその権力争いに関心を持って調べ始めた。そこで知ったことは衝撃的だった。ジョーダンが金持ちなのはわかっていたが、全容までは把握していなかったのだ。経済ジャーナリストの分析では、資産は数億ポンドにものぼるという。

デレクから〝財産目当て〟と指摘されたことを思い出し、ベロニカはぞっとした。ジョーダンがいとも簡単にそう思い込んだ理由もこれなら納得できる。

幸いホリーの九回目の誕生日が近づいていて、ベロニカは気持ちをそちらに向けることができた。ミセス・ヘンドリックスはケーキを焼いて、九本の蝋燭《ろうそく》が立てられるように糖衣で覆ってくれた。ベロニカは書店をまわり、ホリーの早熟な知性に見合いそうな本を買い求めた。ついでに実験好きの娘が気に入りそうな化学実験セット一式も買った。

誕生日当日、ホリーは朝六時半に目を覚まし、十分間隔で母親の様子をうかがった。ベロニカが根負けして、眠い目をこすりながらベッドから起き上がったのが七時半。すぐさま待ち構えていた娘が、母親をくすぐろうと甲高い声をあげて飛びつく。ベロニカも応じてくすぐり合いになり、ついには息を切らしながら共にベッドに倒れ込んだ。

「もうだめ、ママは降参よ」ベロニカはあくびをした。「ちゃんと目を覚ますまで待っていてくれたらいいのに、いたずらっ子なんだから」

「今日で九歳よ」ホリーは鼻高々に告げた。

「だからってママを痣《あざ》だらけにしなくてもいいでしょう」

ホリーはベロニカの手をつかみ、郵便の到着に間に合うように一階へと引っ張っていった。ホリーは大騒ぎでカードを開け、炉棚にのせた。期待していたカードが一枚欠けていることに気づいたときにはわずかに顔を曇らせた。ベロニカにしても、ジョーダンにとってホリーの誕生日はデリケートな問題なのだとはさすがに言えなかった。

朝食をとりながらベロニカは尋ねた。「今日はモンカッスルに行ってみない？　とても立派な邸宅でね……」ホリーの口の端が下がるのを見ながら続ける。「ビンテージカーのコレクションがあるの」娘の表情の変化を目にして笑い声をあげる。

ホリーが支度のために二階に駆け上がると、ベロニカもタクシーを呼んでから自らの支度のために階段を上がった。オリーブグリーンのコーデュロイのパンツに黄色いシャツを合わせて、同色のスカーフで髪を後ろに束ねる。スカーフを結んだところで、車の音が聞こえてきた。「ホリー、タクシーよ！」

次の瞬間、悲鳴じみた歓声と、階段を駆け下りる音が聞こえた。不吉な予感がして、家の玄関が見える階段の踊り場の窓に近づく。とたんにベロニカの心臓は、不安と苦悩となんとも言えない喜びで飛び出しそうになった。ジョーダンだ。

8

ベロニカが見守る中、ホリーが玄関から飛び出した。ジョーダンがその姿に気づいて即座にブレーキをかける。すると、ホリーはドアを開けてジョーダンの首に抱きついた。遠いのではっきりとはわからなかったが、ジョーダンは片手でホリーを抱きとめながら、もう一方の手でギアを操作した。

ベロニカが玄関前に着くと同時に、ジョーダンが車から降りてきた。カジュアルな半袖のポロシャツ姿で、これほど若々しくリラックスした様子の彼は再会以来初めてだった。ジョーダンからにっこりと笑いかけられ、思いとは裏腹に心臓がどきどきした。それでもここは喜んでいいのか悲しむべきなのか、慎重に見極める必要があった。

「連絡もせずに押しかけて申し訳ない」ジョーダンはまず詫《わ》びた。「ホリーに頼みたいことがあってね」

「どんなこと？」ベロニカは即座に尋ねた。

ジョーダンは車を顎で示した。「この中だ。取ってくるから待っていてくれ」

ジョーダンは後部座席から大きな箱を取り出してそのまま家の中に運び入れ、リビングのテーブルの上に置いた。ホリーは足取りも軽くあとを追い、包みを開け始めた彼を熱心に見守った。

「何台か注文してオフィスに届けてもらったんだが、秘書がひとつ余分に買ったらしい。返品するのも面倒だし、よければホリーに使ってもらえないかと思ってね」

華麗な手つきで最後の包み紙を開けると、中からパソコンが現れた。ホリーが息をのむ。言葉をなくしていたが、大きく見開かれた目は輝いていた。

「わたしに？」ようやく声を取り戻して尋ねる。

「きみさえよければね。もし迷惑なら……」

ジョーダンが笑いながら包装し直すふりをすると、ホリーはすぐさま手で止めた。

「そんなことない」息を切らして言う。「ジョーダン、ありがとう」ホリーはかわいらしい指でキーボードに触れ始めた。「でも、あなたのとは違う」

「あれはノート型。こっちのほうがはるかに性能がいいんだ。きみが思いもしないようなことまでできるよ」

「このままここで使い方を教えてくれる？　そうしたら一緒にバースデーケーキも食べられるし」

「きみの誕生日なのか？」ジョーダンが驚き顔で尋ねた。「じゃあ今日来たのは、運がよかった」

ホリーはくすくす笑った。「偶然じゃないでしょ。誕生日だって知ってたんじゃない？」

「どうして？　きみはもうすぐ九歳だって言っただけじゃないか。今日だとは聞いていない」

「でも、絶対わかったはず」ホリーは言い張った。「その気になれば、なんだってわかるんだから」

ジョーダンは首をかしげてまじまじとホリーを見た。「どうしてそう思う？」挑発するように尋ねる。

ホリーは考え込んだ。「だって……夜明けの空襲《ドーンレイド》もできるんだから」得意満面に言う。

ジョーダンは噴き出した。「先々が楽しみな子だな。早く仕事をたたき込んだほうがよさそうだ」

ベロニカはこのやりとりを複雑な思いで見ていた。ジョーダンの登場でホリーが母親のことをすっかり忘れていることに一瞬傷ついたせいもある。けれど喜びに輝く娘の顔を見ると、たとえジョーダンが今日現れていなくてもホリーが決して彼を忘れなかったことは容易に察しがついた。

血のつながりだけでなく、心も彼の娘だということだ。二人は当然のように引かれ合っている。あとどれくらいでジョーダンもそのことに気づくだろう。ひょっとしてもう気づいているの？

「タクシーが来ましたけれど」ミセス・ヘンドリックスがドアから顔をのぞかせた。

ホリーがあっと手を口にあてがい、ジョーダンが問いかけるような表情を浮かべた。

「ちょうどこれから出かけるところだったの」ベロニカが説明した。

「でも、また今度にしてもいいよね、マミー？」ホリーが懇願した。自分勝手なことを言っていないか不安になって続ける。「よかったら、だけど」

「ええ、また今度にしましょう」ベロニカはにっこりほほ笑んだ。「今日はあなたが主役よ」

ジョーダンはホリーにうなずいた。「九歳は節目の年だからね。ひと桁で迎える最後の誕生日だ」

ベロニカがタクシーの運転手に迷惑料を払って戻ってくると、ジョーダンはパソコンを組み立てていて、ホリーは真剣な顔でプラグをケーブルに接続させていた。

「この子に触らせて大丈夫かな？」ジョーダンが声をひそめてベロニカに尋ねた。

「機械に関してはわたしより強いの」ベロニカは答えた。「ひょっとするとあなた以上かも」

ジョーダンはにっと笑った。

「何を企《たくら》んでいるの、ジョーダン？」

「企む？」彼はとぼけた。「ぼくが？」

「有能なケイト・アダムスがミスをするかしら？　おまけにあなたが返品手続きを面倒がるなんて」

ジョーダンは苦笑した。「ホリーはどうしてドーンレイドのことを知っているんだ？」

「意味はわかっていないの。あなたにきくつもりでいたから。新聞であなたの記事は欠かさず読んでいて、ききたいことがリストになっているわ」

「たいしたものだ」ジョーダンは感心したように言った。「きみもぼくの記事を読んでいるのか？」

「どちらか一方で充分よ」ベロニカは辛辣に返した。「こんなに忙しいときによく休みが取れたわね」

ジョーダンは肩をすくめた。「最悪の時期は過ぎたからね。勝ちは見えた。しかしぼくに会えてきみは百パーセント喜んでいるわけではなさそうだ。デレクがカーテンの後ろに隠れているとか？　だとしたら、少しは怖がってみせようか？」

その冗談めかした言い方にデレクの意気込みを思い出し、ベロニカは笑いを噛《か》み殺した。

「何がそんなにおかしいんだ？」目をそらそうとしたベロニカの視線をとらえ、ジョーダンがきいた。

「なんでもないわ」ベロニカは慌てて答えた。「忘れて」

「デレクはどこだ？　来ていないのか？」

「来ていないわ。彼のことはもういいじゃない」

「よくない。だが、まあいい、あとで聞くよ」

「わたしが話す気になればね。だってあなたには関係ないことだもの」ベロニカは勢い込んで言った。

「おやおや、ホリーのほうがずっと友好的だ」

「あなたがいるとホリーは大喜びなの」ベロニカは認めた。「わざわざ来てくれて、本当に感謝しているわ。今はそれでいいでしょう、ジョーダン」

「ホリーに会いに来たわけじゃない」聞き取れないほど小さな声だった。「きみに会いに来た」ざっとベロニカを眺めて続ける。「ちょうど金鳳花《きんぽうげ》色のきみが見られそうな気がしたからね。うれしいよ、ぼくのアドバイスを覚えていてくれて」

「アドバイス？」

「その色が似合うと勧めたことがあっただろう。きみは髪の色とかぶりすぎるからと渋っていたが、試してみて、ぼくの言うとおりだったと認めてくれたようだ」

ベロニカの脳裏に当時のことがよみがえった。ジョーダンには想像力に富んだところがあり、それが頑固で実用的な一面と奇妙に溶け合っていた。彼から黄色を勧められたことなどすっかり忘れていた。けれど彼は忘れていなかった。ジョーダンから意味ありげにうなずかれ、ベロニカはどう応じたものかと彼の顔を探った。心臓が大きく打っていた。

「できた！」

ホリーの声で、二人は現実に引き戻された。ジョーダンはパソコンが据えられたテーブルに行き、電源を入れた。ジョーダンから使い方を教わるときのホリーにいつもの子供っぽさはなく、真剣に課題に取り組む熱心な生徒となっていた。

それでも図形のコツを習得すると再び子供に逆戻りし、色彩や図形と楽しげに戯れる。ホリーはどこまでも独創性にあふれていた。

「この子なら、あっという間に自分でプログラムを書くだろうね」ジョーダンはベロニカに言った。

こうなるとホリーは鼻高々で、母親にもこの新たな宝物に触れさせずにはいられなかった。ベロニカが間違えるとおなかを抱えて笑い転げ、ジョーダンもそれに加わった。人が見たら、仲のよい幸せな家族だとほほ笑んだことだろう。

お昼は庭でピクニックをした。けれどホリーは片手にチーズロール、もう一方にはミルクのグラスをつかんで、あっという間に姿を消した。その一分後には、懸命にキーボードをたたく音が聞こえてきた。

ジョーダンはにやりとした。「まるで何かに噛みついたテリアだな。決して放そうとしない」そう言って立ち上がり、ベロニカに手を差し出す。「少し散歩しようか」

ベロニカは用心して断ろうとしたが彼は引き下がらず、結局肩を抱かれて庭の奥へと歩を進めていた。

「突然来て、迷惑だったかな？」彼が尋ねた。

この機会に何かしら言わなければ、とベロニカは思った。ここへ来たことをロレインは知っているの、とか。よくロレインがあなたがひとりで出かけるのを認めたわね、とか。けれど、さりげない笑い声をあげようにも、口の中が乾いて舌が張りついた。

ベロニカはジョーダンの顔をのぞき込んだ。一瞬で考えていた言葉は吹き飛び、同時に彼への疑いも消えた。ジョーダンは非情だけれど正直な人だ。厳しいけれど率直な人だ。かつて別れたのも、思えばその正直さのせいだ。彼の人生にわたしの居場所があるふりができなかったから。ジョーダンが離れていったとき、わたしは答えのない問いにどれだけ苦しんだか。でも、今こうして彼のそばで曇りのないまなざしに見つめられていると、そんなことはどうでもよくなる。

「いいえ、迷惑じゃないわ」ベロニカは言った。

突然彼の顔に緊張が走り、ベロニカに近寄りかけたかと思うと、はたと立ち止まった。それから人目を気にするように家のほうを振り返り、森に向かって彼女を促した。

「あなたが来てくれなかったら、きっとホリーはがっかりしていたと思う」ベロニカは続けた。「ありがとう、あの子に新しい世界を開いてくれて」

「九年たってようやくだ」彼は言った。「登記所であの子の出生証明書を確認した。ぼくたちが最後に会って九カ月と二週間後に生まれていた。日付を確認する必要もなかった。最後に会った日はよく覚えているからね」静かな声で告げる。

「その二週間が気になるのね?」

「ああ。その二週間にあの子を身ごもったんじゃないかという思いが拭えない」

ベロニカは無言だった。

「何か言ってくれ」ジョーダンが迫る。

「同意書にそむくことしか言えないから」

「あんなものはどうでもいい」ジョーダンは眉根を寄せた。「言ってくれ、なんでもいい」

「ホリーは最初の子でしょう。初産は予定日より遅れることが多いの」

「そんなに遅れるのか?」

「二週間くらい、珍しくもなんともないわ」

「きみのほうが知識は豊富だ」ジョーダンは淡々と指摘した。「ぼくは子供を持った経験がない」

ほとんど独り言のような言い方で、ベロニカは彼の声にほんのわずか非難めいたものを感じ取った。

二人は手入れの行き届いた庭から、さらに小さな森の中へと進んだ。日が高くなり、木の葉の間からまばゆい陽光が差し込んできて、上空がぼんやりとかすんで見えた。この小さな空間だけを残して世界が消滅したかのようだ。

そのことがこの場の現実感をいっそう高めた。ベロニカの鼻孔を夏の香りが満たし、その芳醇《ほうじゅん》さにめまいすら覚えた。隣を歩く男性を苦しいほど意識する。目を上げると、ジョーダンの髪に日が差し、まるで金色の光に包まれているようだった。

ジョーダンはベロニカの肩に腕をまわし、互いの動きがはっきりと伝わるほど近くに引き寄せていた。

「この十年、きみはどこにいたんだ？」

「両親の家に戻ってホリーを産んだの。そこでしばらくそのまま子育てを楽しんでいたわ」

「子供に縛られるのをいやがっていたのに」

「それは産む前の話。縛られているなんて感じなかった、むしろ……」ジョーダンとまだ一緒にいるみたいでうれしかった。赤ん坊のほんのり甘いぬくもりが空っぽの腕と空っぽの心を満たし、愛と喜びで満たしてくれた。全身全霊でホリーを愛してきた。自分のためにも、父親である男性のためにも。「すばらしかった」ベロニカは端的に告げた。

ジョーダンは彼女の顎の下に指を添えて顔を持ち上げた。視線が絡み合う。彼女と別れて以来、これほど澄んだ美しい瞳は見たことがなかった。「続けて」ジョーダンは促した。

「二年ほど両親のところにいて」ベロニカはゆっくりと語りだした。「それから女優の仕事を再開したわ。ホリーを両親に預けて……」そこでどきっとした。ジョーダンの顔が陽光を遮ったかと思うと、キスをされたのだ。

前回のキスは怒りが込められていた。欲求に屈しながら、そんな自分に憤りを覚えているのがひしひしと感じられた。けれど今のキスは、あの再会の夜と同じだ。優しさと驚きに満ちている。優しくて、ほんの少し強引で、でも、魔法が解けるのを恐れるような慎重さも感じられた。

ジョーダンがわずかに身を引き、指先をベロニカの頬に這《は》わせた。戸惑い、そして何かに驚いているようだった。答えを求めてのぞいたベロニカの瞳にも同じものが浮かんでいた。きまり悪さを感じたかのように、二人は一瞬の間をおいて再び歩きだした。しかし腕は絡ませたままだった。

「すべてを聞きたい」ジョーダンは強い口調で迫った。「きみさえ……」いらだちで言葉につまる。交わした同意書がさりげない言葉すら諸刃《もろは》の剣に変える。だが、下手にごまかすより率直なほうが自分らしい。「助けを求めてくれていたら……」

「ほかの男性の子供でも？」挑むように尋ねる。

「ベロニカ」その低い声には、危険な領域には踏み込むなという警告とこの瞬間を台無しにしないでくれという懇願が入り交じっていた。「ぼくたちは友人だった。きみが困っている姿は見たくない」

「困っていたのはお金の面だけよ」ベロニカはジョーダンに目を向けながらも、その笑みは完全に彼を遮断していた。「それ以外はすごく恵まれていたし、ホリーは完璧な赤ちゃんだった。今は痩せていて憎まれ口もたたくけれど、その頃はまるまるとしていて頬も薔薇《ばら》色で、いつも笑っていた。こんなに陽気な赤ちゃんがほかにいるかしらと思ったくらい」

「母娘《おやこ》だな」ジョーダンは懐かしむような口調で言った。「きみもそうだった。人生が楽しいことばかりみたいに。初めて出会ったときも」

「わたしが？」

「ああ、ぼくが劇場支配人のオフィスで帳簿をつけていたときだ。きみが駆け込んできて棚にぶつかり、積んであったファイルがきみの上になだれ落ちた。支配人は腹を抱えて大笑いだ。ぼくは不謹慎だと無性に腹が立ったのに、きみまで笑っていた。そして手を貸して床から立ち上がらせたぼくに、言ったんだ。笑うのは悪いことじゃないわって」

当時のことはベロニカも同じくらい鮮明に覚えていた。それでも内容は、互いの優先事項を反映するように、かなり異なる。ベロニカの記憶にあるのは、かつてのジョーダンが気難しく、ぴりぴりしていて、びっくりするほど痩せていたことだ。そんな彼に対する自分の若いひたむきな思いも覚えていた。ときおり彼から向けられるぎこちない表情に感じた喜びも。けれど、ひとつひとつの出来事の詳細までは記憶に残っていない。一方、ジョーダンのパソコン並みの頭脳は、事実を事実としてきっちりと刻み込んでいる。

「本当にそれがわたしたちの出会い？」ベロニカは尋ねた。「楽屋の打ち上げじゃなくて？」

「ああ、間違いなくオフィスだった」ジョーダンは答えた。「だがきみが覚えていなくても不思議じゃない。最初はぼくに気づいてもいなかったからね。エメリック・レイドリーをあがめるのに忙しくて」

「誰？」

「主役の俳優さ。今でこそ〝誰？〟だなんて言っているが、当時のきみはのぼせ上がっていた。あんな、全盛期をとっくに過ぎた傲慢でくだらない男に。自分の立場をいいように利用して、何が〝今のシーン、もう一度最初からやってみよう〟だ。たった五分のシーンだというのに、きみの腰を抱きたいがために。きみは若くて純情だったから、あいつの意図を見抜けなかっただろうが」

ベロニカは笑い声を喉につまらせた。彼――エメリック・レイドリーの意図はお見通しだった。ジョーダンに焼きもちをやかせたかったのだ。時間はずいぶんたっているものの、自分の企てが成功していたのを知ってうれしかった。「あなたこそ、勉強に専念するべきときに劇場で何をしていたの？」

「誰かがあの老いぼれ役者からきみを守らなくちゃならないだろう」

「そうそう。あなたって昔から口が悪かった」ベロニカは思い出してくすくす笑った。

「見かけは違ったのに。たいていは脱走犯みたいで」

「散髪代を浮かそうと髪を短くしていたからな。きみに頭の皮をはがされそうになったこともあった」

「手を貸してあげただけよ。散髪代が高いと嘆いていたから。感謝されたっていいくらい」

「感謝だって?」ジョーダンが語気を強めた。「ぼくの耳を切りつけた相手に?」

「わたしを鈍くさいって言ったわ」

「当たっているだろう?」ジョーダンはにやりとしてベロニカの頭のてっぺんに頬をすり寄せた。「二人ともどうかしていたな」懐かしそうにつぶやく。

「どうかしていたのはあなたよ」別の一件を思い出してベロニカは言った。「数学的に確実だからって、外れ馬ばかりに賭けさせたのはどこの誰かしら?」

「なのに、もう一回やろうって言い張ったのは?」

「その価値はあったでしょう。ようやく的中したんだから」ベロニカは彼の脇をこづいた。

「それに、そのとき馬を選んだのは誰だった?」

「なのに、きみは換金前に馬券をなくした」

「ほんと、いつまでもしつこいんだから」

「税金の申告くらいどうってことないと豪語して、結局助けを求めてきたのは誰だったかな」

「そっちだって、偉そうに言いながら、大家さんにお涙ちょうだいの芝居をさせたじゃない」

「例のクリスタルの置き物をきみに買うために、一週間も昼食を抜いたのは誰だと思う?」

「誰がそれを落としちゃったのかしら?」

その陽気なやりとりが一段落すると、ジョーダンは彼女の頭のてっぺんにキスをした。

二人はいつしか川のそばまで来ていた。苔《こけ》に覆われた一画があり、そこに腰を下ろすと、木々を見上げて横たわり、せせらぎの音に耳を澄ました。

「なんて若かったんだろう」ジョーダンは悔やむように言った。「もうあの頃の二人はいない」

「責任が重くなったから」ベロニカはため息をついた。「環境が変わって、わたしたちも変わった」

「そして多くを失った。こんなばかげた冗談を言い合えたのはあとにも先にもきみだけだよ、ロニー。きみに会うのは日差しに向かって窓を開け放つようなものだった。きみにはいつも日が差していたからね。どうしていつも楽しそうなのか、その秘密が知りたくてぼくはきみばかり見つめていた」

楽しそうに見えたのはあなたを愛していたから。あの頃は毎日が光に満ちあふれていた。今もなお。でも、あなたはいまだに何も気づいていない。「で、秘密は見つかった？」ベロニカは尋ねた。

「きみに関してはね。きみといるとぼくの胸の奥の闇に明かりがともる。きみと離れるとまた闇に逆戻りだ」ジョーダンはそこで言葉を切った。

ベロニカは間近にある彼の心臓の音に耳を澄ました。長い沈黙のあと、ジョーダンが静かに告げる。

「きみがいなくなって、ぼくの闇は広がった」

ベロニカは頭をもたげ、彼の顔を探った。疑念、不安、希望。目の中には苦悩も見えた。彼女はジョーダンの頬に手を伸ばした。指先で触れたとき、彼は息を殺しているように見えた。彼から顔を近づけたのか自分から引き寄せたのか、それはわからない。気づいたときには首に腕を絡ませ、唇を重ねてめくるめく世界に入り込んでいた。

飢えたようなキスだった。長い間心が空っぽだった男性のような、ひとりの女性をとことん知り尽くそうとしている男性のような。ベロニカは胸の悲しみが消えていくのを感じた。自分が再び彼に抱かれるのを諦めていなかったことに改めて気づかされた。十七歳のわたしは賢明だった。本能的に、この人が運命の相手だとわかっていたのだから。あれから泣いたり笑ったりいろいろなことがあったけれど、結局また同じ場所に戻ってきた。

「忘れたことはなかった」唇で愛撫《あいぶ》しながら、ジョーダンがつぶやいた。「きみを思うたび……失ったものを思い知らされた……ぼくはばかだった……」

ベロニカが口を開くより先に、彼の腕に力がこもった。唇の動きがますます熱を帯びる。彼の舌がベロニカの柔らかな唇をなぞって下唇のふくらみをくすぐると、彼女の全身を快感が走り抜けた。舌を引き入れようと軽く唇を開く。けれどジョーダンはじらすようにそれをかわし、舌で唇を軽くはじいてベロニカから快感の吐息を引き出した。

それが合図になったらしい。ジョーダンは今度は舌を忍び込ませ、喜びの渦を巻き起こした。ベロニカの五感のすべてが目覚め、彼を感じたくて全身がうずき、肌は甘い期待に震えた。

ジョーダンが唇を離したかと思うと、肘をついて体を持ち上げ、落ち葉の上に髪を広げて横たわるベロニカを見つめた。明るい金色に輝く肌、その色合いはさらに頭上から降り注ぐ陽光で温かみを深めている。まるで夏に溶け込んでいるようだった。若く美しく、生命の息吹に満ちあふれて。豊穣《ほうじょう》をもたらす農業の女神、デメテルさながらだ。いつもならそんな表現は浮かばなかっただろう。だが今のジョーダンは、心の中で春の芽吹きを感じていた。荒れ果てた場所が緑と化し、不毛の地が美しくよみがえる。なぜかはわからない。だがそれがすべて、今腕に抱いている女性がもたらしたことはわかった。

ジョーダンは突如低くうめいてベロニカの胸に顔をうずめ、その豊かさとぬくもりに酔いしれた。彼女の両手が後頭部を抱くのがわかる。昔からある受け入れのしぐさ、男にとってはこのうえない反応だ。ジョーダンの頭と心と体から緊張が溶けだし、ベロニカを除くすべての存在が消えた。かつては夢だった彼女が、今や現実となっていた。ベロニカ以外、もはや何も存在しなかった。

いかにも女性らしい体の柔らかさが狂おしいほどジョーダンの心をかき立てた。もしベロニカの話が本当なら、ぼくはこの体を一度抱いたことになるのだ。完璧なまでになめらかな肌が情熱に火をつける。彼女のぬくもりに包まれるのは至福の体験だったに違いない。なのに、何も覚えていないとは。

ジョーダンは失った記憶を取り戻そうとするかのように彼女の体をまさぐった。だが当時の少女はもはやそこには存在しなかった。いるのは、ジョーダンをうっとりとした目で見上げるひとりの女性だ。彼は心がすっと安らいだ気がし、唇を喉のくぼみに押し当ててベロニカの夏の香りを味わった。

彼女の肌がキスにびくっと反応し、体が息づき始めるのがわかる。ジョーダンはゆっくりと唇を下ろしていき、胸のふくらみで止めた。そこで胸を弾ませながら、彼女の反応を待つ。

ベロニカは動けなかった。動けば魔法が解けそうで怖かった。情熱と優しさを感じさせるジョーダンの唇の動きに、彼への愛が胸が苦しくなるほどに大きくふくらむ。もう痛みも悲しみもなかった。あるのは我が子の父親で、自分のすべてに思える目の前の男性への愛だけだ。「ジョーダン……」ベロニカは切なげにささやいだ。「ジョーダン……」

ジョーダンが頭をもたげ、輝く瞳でベロニカの目をとらえた。それぞれの顔に浮かぶ、再発見の喜び。二人だけ、二人が互いに与えられるものがすべてだ。ベロニカが再び彼の名をささやきかけたとき、遠くから泣き声が聞こえた。心は愛する人のことでいっぱいだったが、その泣き声には彼女をジョーダンから引き離すだけの力があった。

「マミー、マミー！」ホリーが森の向こうで呼んでいる。声はどんどん乱れ、必死に捜しまわっているのか、聞こえてくる方向も定まらない。「マミー、ジョーダン……早く……早く来て、お願い！」

9

ホリーの錯乱した声に悪夢がよみがえり、ベロニカはジョーダンを押しのけて身を起こした。「どうしましょう……」声が震え、泣き声になる。「また具合が悪くなったのかも」

「そんなはず――」ジョーダンが言いかけた。

「適当なことは言わないで！」

ベロニカは即座に立ち上がって駆けだした。祈るような気持ちで木立を抜けたところで、ホリーの姿を見つけた。しきりにベロニカとジョーダンの名を呼びながら駆けまわっている。

「どうしたの？」ベロニカは膝をつき、ホリーの顔をのぞき込んだ。「また苦しくなったの？」

ホリーは勢いよく首を横に振って泣くのをこらえ、ベロニカの後ろから現れたジョーダンに向かって言った。「壊しちゃったの」必死に声を絞り出す。

「何を？」ジョーダンは尋ねた。

「パソコンが動かなくなっちゃった。わたしのせい。わざとじゃないの」少女はしゃくりあげた。

ベロニカは踵《かかと》に腰を落として長いため息をついた。鼓動がようやく平常に戻る。「まあ、そんなことだったの」

「だって、壊れちゃったのよ」ホリーは母親の無理解に当惑して繰り返した。

「大丈夫だと思うよ」ジョーダンが請け合う。「たぶん間違ったボタンを押しただけだ。ぼくが直してあげよう」

「ええ、お願い」ホリーの目から涙が嘘《うそ》のように引き、跳ねるような足取りで芝生を引き返し始めた。途中で足を止めて二人に呼びかける。「早く!」

ベロニカはまだ地面に膝をついていた。全身が震えて立ち上がれそうになかったが、親切にもジョーダンが手を貸してくれた。

「行こう。さっきそんなはずがないと言ったのは、ホリーの体調が悪くなったら、ミセス・ヘンドリックスが呼びに来るはずだと思ったからだ」

「そうね」ベロニカは弱々しい声で言った。「でもあの子のあんな泣き声を聞いたら、ひとりで放っておいたのが申し訳なかった気がして」

「ひとりじゃなかっただろう?」ジョーダンが指摘した。「ミセス・ヘンドリックスもいた」

「どうしてあなたはいつもそんなに冷静なの?」神経が限界に達して涙まじりの声しか出ない。「わたしはとても冷静でいられない。数カ月前に戻った気がして……」体が突如震えだし、ベロニカはジョーダンに背を向けた。「もう二度とあんなのはいや」

走ったせいで髪が乱れている。ジョーダンはベロニカを振り向かせ、頬から髪を払いのけた。「耐える必要はない。もう終わったのだから」さらに言い添える。「それを信じるんだ」

ベロニカは必死に首を横に振った。「無理よ」

「信じるんだ、ホリーのために。きみが不安な顔ばかり見せていたら、あの子の人生はどうなる?」

ベロニカはため息をついた。「そうね、あなたの言うとおりだわ」

ジョーダンに抱き寄せられ、ベロニカはしばし彼の温かな感触に酔いしれた。ジョーダンの腕はたくましい。一部でも肩の重荷を預けられる相手がいるというのはなんて心強いのだろう。

「そろそろ家に入ろう。さもないとあの子がまたぼくたちを捜しに来る」

ホリーはパソコンの前に陣取り、むっつりと黒い画面をにらみつけていた。ジョーダンが腰を下ろして作業にかかると、ものの数分もしないうちにすべてが元に戻った。

「ほら、壊れていなかった。一度に多くのことを要求されて、機械が神経衰弱に陥ったんだ」

ホリーがまたも楽しげな笑い声をあげた。

「そのうちに」ジョーダンは続けた。「ぼくの会社のシステムに侵入する方法も教えてあげよう。いや、待てよ、あとで悔やむことになるかな。朝起きたら、もっとも価値ある資産がたたき売られて、アイスクリームのチェーン店に変わっているかもしれない」

「しかもあなたの名前でね」ベロニカは複雑な気分だった。ジョーダンの言葉に心穏やかではいられなかったが、自分の不安を娘に見せたくない。

「わたし、実業家になるわ」ホリーは朗らかに宣言した。「だって、モノポリーよりずっと楽しそう」

「実際は似たようなものだよ。ただ、現実社会では、決断が悪いほうに転んだら、紙やプラスティックを失うどころではすまない」

「どうやったら実業家になれるか教えて」

「ああ」ジョーダンは請け合った。

「ホリーには少し早すぎるんじゃない?」すかさずベロニカは反対した。

「もう充分に成功の秘訣《ひけつ》は理解できるさ」

ジョーダンがいたずらっぽく言った。こんなに幸せそうな彼を見たのは初めてだ。

彼は基礎的なことから説明を始めた。それは子供の耳にも充分に平易なものだったが、ベロニカが承認できない要素も多分に含まれていた。少女に教える喜びに判断力がいささかおかしくなってしまったようだ。自分が娘に甘い父親そのものになっていることにジョーダンは気づいているのだろうか。

「たとえばある資産に関心を持つとするだろう」ジョーダンが言った。「そうしたら、とにかく念入りに調べることだ。機が熟したときに手に入れるには、弱点も知っておく必要がある」

　ホリーは真剣な顔でうなずいた。

「そして常に先を読む」彼は続けた。「目標が決まれば、そこでしっかりとした調査が役立つからね。だが手の内は決して明かしてはいけない。油断させておいて、突如獲得に動くんだ」

「夜明けの空襲《ドーンレイド》みたいに？」ホリーが尋ねた。

「そう。ドーンレイドは、証券取引市場が閉まっている夜間に株の仲買人の間をまわって、会社の所有権を取得できるまで株を買い占めることなんだ」

「だったら、イブニングレイドじゃない？」ホリーは眉をひそめた。

「ある意味ではね。だが相手側は、翌朝目覚めたときにきみが襲ってきたのを知るわけだ」

　それからジョーダンは易しい言葉で株についての説明を続けた。ホリーはジョーダンの一言一句に夢中で聞き入った。彼はすばらしい先生だった。話は簡潔でわかりやすく、ときおり冗談を交えながら、しかも要点は画面上で鮮明に描きだす。今や二人はすっかり意気投合していた。

一時間ほど二人をそのままにしたあとで、ベロニカは言った。「ホリー、あなたはそろそろ二階でお昼寝をしなくちゃ」

「でもマミー――」

「二階に行きなさい」ベロニカはぴしゃりと言った。

ホリーはしぶしぶ立ち上がると、疑わしげな目をジョーダンに向けた。「この前は、さよならも言わずに帰っちゃったでしょう」恨めしげに言う。

「二度としないよ。約束する」

ホリーは機嫌を直してジョーダンを軽く抱きしめ、続いて母親を抱きしめると、パソコンのマニュアルを手に取って部屋を出ていった。

ジョーダンはきまり悪そうにベロニカの目をうかがった。「言いたいことがあるんだろう?」

「言ってもいいのね?」彼女は念を押した。「あの子が利口なのはわかっている。でも、いくらなんでも〝実業家になるための六つの易しいレッスン〟は早すぎる。いいえ〝競争社会を生き抜く方法〟かしら。とにかくもうちょっと待って、百歳の誕生日くらいまでは」

「大げさだな。あの子にとってはゲームと同じだ」

「あなたにもね。そこが問題なの。わたしはあの子に、人を売り買いする人間になってほしくない」

「ぼくは人を売り買いしているわけじゃない」

「人生を売り買いしているでしょう。同じことよ」

「ぼくがいったい誰の人生を売り買いした？」

「わたしよ」

「イゼベルの件なら、その罪滅ぼしはした」

「ええ。でもあのときは、わたしを〝道具〟としてしか見ていない誰かに仕事を奪われたとしか思えなかった。やるせない気持ちにさせられたわ」

「だからなんだと？」声が大きくなったことに気づき、ジョーダンはいったん言葉を切った。「きみがどういうつもりで〝道具〟などと言ったのかは知らない。だが、ばかげている。これ以上何か言われて、かっとなる前に退散するよ」

ジョーダンは振り返りもせずに部屋を出ていった。一瞬、そのまま家を出るのかと思ったが、キッチンから物音が聞こえたあとで外に出る音がした。しばらくしてあとを追うと、ジョーダンは庭のベンチにいた。頭上にオーニングのついたブランコ状のものだ。足をこ代わりに地面につき、揺れを調節して缶ビールを飲んでいる。ベロニカに気づくと、クッションシートの隣を軽くたたいた。彼女はそこに腰を下ろした。

「どうしてそんなにつっかかるんだ？」

ベロニカはため息をついた。「さあ」

「ホリーのことで動転したのが響いているのかもしれないな。不安な日々が長かったから、いくら大丈夫になったからといっても、すぐに気持ちを切り替えるのは難しい。時間がかかるのも無理はない」

「永遠に切り替わらないかも。そんな気がする。わたし……」ベロニカは言葉につまった。

「続けて」ジョーダンは彼女の手を握った。「気持ちを口に出すのは大切なことだ」

「ホリーの具合が悪いときはずっと、重圧に押しつぶされそうだった。そのときは、手術さえできれば何もかも薔薇《ばら》色になると思っていた。でも、違ったわ。闇から脱出できるのは子供だけ。子供は闇が簡単に戻ってくるのを知らないから。わたし、いまだに夜中にあの子の部屋に行って息をしているかどうか確かめるの。不安でたまらないのよ」ベロニカは苦笑した。「あの子が知ったら、怒るわね」

ジョーダンはベロニカの手を握りしめた。「自然なことだよ。子供には理解できないだろうが。ホリーがきみより早く立ち直ったのは、若いせいもあるが、支えてくれるきみという存在があったからだ。だがきみには誰がいる？」

「前は」ベロニカはゆっくりと言った。「支えなんていらないって思っていた。ひとりでやってきたことに誇りを持っていたから。でも、今はわからない。ひとりで生きていける人なんていない気がする」

「ほかに道がないならともかく、あえてそうする必要はない」ジョーダンは重々しい口調で言った。

彼が何を言わんとしているかを理解し、ベロニカの胸の鼓動が大きくなった。「そうね。それがわかるのにずいぶんと時間がかかったみたい」

ジョーダンは何も返さず、ベロニカの手を口元に引き寄せて指に軽くキスをした。二人とも無言だった。夏の太陽が真上にあった。風もないで木々は静止し、鳥たちも眠ったようにおとなしかった。

「デレクとはどうなった？」ジョーダンが尋ねた。

「円満に別れたわ」

その口調にジョーダンはにやりとした。「きみの気持ちを変えるようなことを彼がしたわけだ」

「婚外子がいることも大目に見た、とか言ったの」

「あきれたやつだ！　なんの権利があって……。そんなやつは蹴り出してやればいい」

「蹴り出すなんてできないわ。彼なりによくしてくれたもの。あなたはそれくらいのことって思うかもしれないけれど、ホリーの手術のときには病院に駆けつけてもくれた」

ジョーダンは背もたれに寄りかかり、まぶしさに手をかざして空を見上げた。「ぼくも行った」

ベロニカは聞き間違いかと思い、眉をひそめて彼を見つめた。「今なんて言ったの？」

ジョーダンは腕を下ろし、ベロニカに目を向けた。「ぼくもパリから駆けつけたんだ。だが、一歩遅かった。きみは廊下でデレクに肩を抱かれていた」

ベロニカの心は喜びと失望に引き裂かれた。「声をかけてくれればよかったのに」

「あのときのきみに、ぼくは必要なかった」

「でも、わざわざパリから駆けつけてくれたんでしょう？　なのに、わたしったらあなたにあんなことを。ひと言、言ってくれればよかったのに」

「言えるわけないだろう」ジョーダンはぶっきらぼうに言った。「きみが気を悪くするだけだ」

「それに、他人に自分の厚意は知られたくない？」

「どういう意味だ？」

「この家よ。わたしたちのために借りてくれたわ」

ジョーダンは肩をすくめた。「きみたちの薄暗いアパートメントを見ていたからね。ホリーには空気のよい環境が必要だ。どうしてわかったんだ？」

「ミセス・ヘンドリックスに聞いたの。どのみち、いずれ気づいたでしょうけど。最初は意外だったわ。この家はあなたらしくない気がして」

「まあね、ぼくのアパートメントは実用一辺倒だ」

ベロニカは肩をすくめた。「家らしくない？」

「ああ。寝られて仕事ができれば、それでいい」

「本当？　本当にそれでいいの？」

「いや」ジョーダンは首を横に振った。「本当はきみがうらやましい。自分にないのはお金だけだと言っただろう？　ぼくにはきみがどんなにまぶしく見えるか、きみにはわからないと思う」

「わかるわ。自分でも、なんて恵まれているんだろうってしみじみ思うから」

「ぼくが立ち会えなかった年月か……」

心残りを感じさせる声を聞いて、ベロニカは思わず言った。「よかったら、見る？」

「何を？」

「あの子のこれまでの写真。アルバムに整理しようと持って来ているの。まだ整理の途中だけど」

「見せてくれ」ジョーダンはすぐに立ち上がり、ベロニカに手を差し伸べた。そして駆けだすような勢いで家の中に戻った。

ベロニカは彼を二階に連れていった。「ここよ」ベッドルームのドアを押し開く。

ジョーダンがベッドに腰かけている間に、ベロニカは引き出しを引っかきまわしてアルバムと大きな茶色い封筒を取り出した。彼がアルバムの最初のページを開く。胸に抱いた生後間もない赤ん坊にほほ笑みかけるベロニカの写真だ。

「生後四時間のホリーよ。母が撮ってくれたの」

ジョーダンの視線はホリーではなく、ベロニカに注がれていた。喜びと愛に光り輝く顔に。

それから彼は次々とページを繰った。よちよち歩きの頃のホリー。ちょうど尻餅をついた瞬間を撮られたのか、びっくりしたような顔をしている。祖母に抱え上げられてクリスマスツリーに飾りをつけているホリー。初めて三輪車に乗るホリー。トランプで家を組み立てている場面だろう、真剣そのものの顔で慎重に最後のカードを置こうとしているホリー。そして腕を絡ませて互いを笑顔で見つめ合うホリーとベロニカ。二人は輝かんばかりの愛情で包まれている。ジョーダンは無言でページをめくっていった。胸の痛みを隠すために無表情を装って。

反応を探って彼の顔をのぞき込んだベロニカは、失望を覚えた。冷ややかな表情から察するに、写真は彼の期待にそぐわなかったらしい。「わたしは少し失礼して、ホリーの様子を見てくるわね」

「ああ」

ベロニカはそっとホリーの部屋のドアを押し開いた。ホリーは腹ばいで横になっていた。腕をベッドの脇にだらりと下げ、指先はいまだ床に落ちたパソコンのマニュアルに触れている。ぐっすりと規則正しい寝息も聞こえた。ベロニカはほほ笑んで、静かにその場を離れた。

自分の部屋のドア口に戻ったところで、表情が緩んだ。ベロニカが席を外している間にジョーダンはベッドに寝そべっていた。どうやら封筒に入っていた写真はくつろいだ格好で眺めていたらしい。けれどすぐに眠気に負けたらしく、手からこぼれた写真がベッドカバーに散っていた。ホリーの寝息と呼応するように深く規則正しい寝息をたてている。

ベロニカはそっとベッドに歩み寄り、そばに腰を下ろした。日中は隠れていた疲労が今は容易に見て取れる。目の下には隈《くま》が浮き、いかにも書類仕事が中心の人間らしく肌も青白い。時差もおかまいなしに働いているのだろう。

その姿が昔のジョーダンと重なって見えた。夜遅くまで勉強していつも青白い顔で疲れ果てていた彼。輝かしい成功も、彼をルームランナーの別の位置に運んだだけだった。結局そこでも、遠ざかる一方のゴールにたどり着こうともがいている。

ひょっとしたらジョーダンにも違う人生があったかもしれない。もし最初からホリーを共有していたら、今頃はもっと幸せそうな顔をしていたかも。

ベロニカははたと凍りついた。〝共有〟という言葉がショックだった。これではまるでわたしの心の狭さからわざとホリーを隠したみたいだ。

あのときはそうするしかなかった。ジョーダンはわたしも娘も求めていなかった。

いいえ、違う。ベロニカははっとした。わたしが決断する機会を与えなかったのよ。

もう会うのはよそうと彼に言われたから。

でも、それはホリーにではない。

ジョーダンと娘は明らかに瞬時に心を通じ合わせた。ただホリーの知性を誇りに思っただけではない。あれは本能的な好意だ。最初から存在していたものに違いない。もし彼が生まれたばかりのホリーを抱いていたら、そのとき感じていたはずのものだ。もしその機会を与えていれば、孤独な彼が味わったことのない幸せを感じさせてあげられたのに。わたしが彼の心を砂漠へと追いやった。手を携えて、明るい日の下に連れ出してあげることもできたのに。

「わたしったら、なんてことを」つぶやきがもれる。

胸が苦しかった。ジョーダンが失った年月を思うとつらくて、苦しくて、思わず彼の頬に手を伸ばしていた。ジョーダンの体がぴくりと動き、顔を彼女に近づけた。ベロニカはそっと唇を重ねた。

次の瞬間、ジョーダンが背中に腕をまわして彼女を抱きしめた。間をおかずにベッドの隣に引き寄せて両手を柔らかな体に這《は》わせ始める。名前を呼ばれていたものの、ジョーダンは目を閉じたままで、どこまで意識しての行動か、ベロニカには判断がつかなかった。

ジョーダンはそのとき、いつもの場所にいた。いつもの夢と現《うつつ》の狭間《はざま》に。暗くて温かく、そこなら現実生活で自分を抑え込む不安からも羞恥心からも解放される。ほかの誰もが自分の知らない言語を話しているようなみじめさにとらわれることもない。なぜなら、そこに言語はないから。あるのは自然な愛の営みだけだ。何かを隠す必要もない。いとしい女性を腕に抱き、思う存分愛せる。唇と手で、心が表せないものを伝えることができる。

彼女の甘く若い体が寄り添っていた。何日も前にひいた風邪による熱が下がらず、試験中だというのに頭がぼうっとしていた。だがその熱とは別に、体では別の炎が燃えさかっていた。ベロニカ……。これまできつく抑え込んできた彼女への欲望が、素肌にじかに触れたことで制御不能に陥ったのだ。

彼女にもっと触れたくて、ジョーダンはジーンズからシャツの裾を引き抜くと、細いウエストをなぞり、そこから張りつめた胸のふくらみを目指して手を這わせた。両手で胸のふくらみを包み、手のひらをくすぐる頂の感触にうめき声がもれる。夢の中よりはるかに甘く狂おしい感触だ。

いや、ひょっとするとこれも夢かもしれない。これまでと同じく。ウィスキーのせいか風邪のせいか、頭の中にもやがかかっていた。だがもやの中にも、すがすがしく温かな香りが感じられる。立体的な体の感触も。しかも今回はいつものように消えてなくならない。

ジョーダンは目を開けた。そして腕の中にベロニカを発見した。

一瞬、自分がどこにいるのかわからなかった。日当たりのよい寝室は、かつて住んでいたみすぼらしいワンルーム以上に現実とかけ離れている。ジョーダンは必死に記憶をさかのぼり、自己防衛のために奥底に封じ込めていた記憶を掘り起こした。答えが近づくのを感じる。この機会を逃せば、二度とたどり着けないかもしれない。

十年前のあの夜、ベロニカを抱いた気がしていた。彼女の体に触れ、ついに自分のものにした気がしていた。だが目覚めたとき、彼女は服を着ていたし、ベッドのそばにもいなかった。あれは現実だったのか？　それとも熱に浮かされて見た夢だったのか？

ジョーダンは尋ねてみたかった。だが、気まずくてなかなか言い出せなかった。〝おはよう〟

レンジの前にいたベロニカが振り返った。〝おはよう、ジョーダン〟

彼は気恥ずかしさから目をそらした。〝ずっとついていてくれたのか？〟

〝ええ〟

それから続いた沈黙が無惨にもジョーダンの希望をすべてのみ込んだ。次に口を開いたとき、ベロニカは明るい口調で気分はどうかと尋ねた。ジョーダンはどうにか同じ調子で答えると、さりげなく椅子で眠らせて悪かったね、と探りを入れた。そのときベロニカの〝平気だったわ〟という返事で、前夜のセックスはすべて幻だったのだと思った。拒絶された気になり、恥ずかしくてたまらなくなった。

だから、それからしばらくは、その夜のことを考えるたびに冷や汗が出た。そしてしだいに考えまいとするようになった。この十年、ベロニカに拒絶されたように、彼女を拒絶して生きてきた。

だがここに来て再び彼女が現れ、忘れようとしてきた記憶を呼び起こした。あの夜セックスをしたのだ、と彼女は言った。まるで心の中をのぞかれ、プライドを守るために隠してきたことを見透かされたように思えた。痛いところをつかれて取り乱し、ベロニカの話の真偽について考えようともしなかった。

そして今、また幻が出現した。以前と同じように甘くほろ苦く、悩ましく。けれど今回は目を開けても、ベロニカは隣にいる。美しくなめらかな胸は手の中だ。「夢を見ているのかと思った」ジョーダンはつぶやいた。「だが、きみはここにいる」

「夢だと思っていたの?」ベロニカはそっと尋ねた。

「ああずっと。だが今は……」ジョーダンは目を閉じた。これほど混乱したのは初めてだった。今これが現実なら、あのときもそうだったのだろう。過去と現在のもつれた糸をほどくことができれば……。

電話のベルが二人を突如現実に引き戻した。ジョーダンは毒づき、ベロニカはため息をついた。なんて間の悪い電話だろう。彼女は受話器を取り、一瞬おいてジョーダンに差し出した。「ケイトからよ」

ジョーダンは眉根を寄せて受話器を受け取った。そして短い応答をしてから最後に言った。「ありがとう、ケイト」受話器を置いてからベロニカに言う。「これから一件電話をかけなくちゃならない」

「わたしは出ているわね」

階段を下りるベロニカの心はいまだ呆然《ぼうぜん》としていた。電話が鳴らなかったら、今頃どうなっていただろう。時は巻き戻せない。でも、このまま彼と別れることにはならない気がする。

ジョーダンがしばらくして一階に下りてきた。「戻らなくてはならなくなった」ジョーダンは残念そうに告げた。「契約はまとまったと思っていたんだが……」肩をすくめる。

「いいのよ」なるべく失望を表に出さないようにしてベロニカは言った。

「帰るときは必ずさよならを言うとホリーに約束したんだが。起こしてもいいかな?」

ベロニカはうなずいて、一緒に二階に向かった。ホリーはまだ腹ばいで寝ていた。ベロニカはドア口にたたずみ、ジョーダンがベッドに腰かけてそっと指でホリーの頬をつつくのを見守った。

「起きて、ホリー」ジョーダンは小声でささやいた。

ホリーはすぐに目を開けて仰向けになり、相手が誰か知るなりにっこり笑った。

「帰らなくちゃいけなくなった」

「えー、やだ。まだいいでしょ？」

「だめなんだ。でもすぐに会えるから。約束する」

「いつ？」すかさずホリーは尋ねた。

「また今度。計画があるんだが……今はしかたがない」ジョーダンは軽くホリーを抱きしめた。

ベロニカが先に一階に下り、彼があとに続いた。

「計画って？」ベロニカは尋ねた。

ジョーダンがどこか気まずそうな表情を浮かべた。「そのうちに話すよ。今は帰りたく
ないけれど、しかたがない。まったく間が悪い……話さなくてはならないことがたくさん
あるのに」

「ええ」声に期待がこもる。「ほんとに」

ジョーダンはまだ何か言いたげな顔をしたが、何も言わずに抱き寄せた。

再び押し寄せた喜びにベロニカはとろけそうになった。自らもキスを返し、性急なまで
の唇の動きで愛していること、帰ってほしくないことを伝える。

その無言のメッセージを全身で受けとめ、ジョーダンの体に震えが走った。「ロニー」

かすれた声で言う。「ロニー……もう行かないと……」

「ええ、そうね」ベロニカはつぶやいた。

「行かせてくれ」ジョーダンは切なげに懇願した。

ベロニカは彼の背中に腕をまわしていたが、そう力は入れていなかった。「引き止めていないでしょう」唇を重ねたままささやく。

「だが、わかるだろう?」

ベロニカは唇はそのままで腕を下げた。「さあ、行って」

ジョーダンはどうにか彼女の肩に両手をあててあとずさった。「見送りはいい。離れがたくなる」

まるで危険から逃れるように彼はドアへと急いだ。

それからまもなく走り去る車の音が聞こえたとき、ベロニカは幸福感に溺れ、その場にたたずんでいた。彼の手に、そして声に感じたのは単なる情熱ではなかった。今日はロニーと呼んでくれた。再会した夜からはずっと〝ベロニカ〟だったのに。彼はベロニカは信用していない。でも、ロニーになら心を開き、本当の気持ちをあらわにできる。

ベロニカは二階に上がり、写真を片づけ始めた。一枚一枚手に取っては、ジョーダンの目にどう映ったか、思いを馳《は》せる。幸福感がしだいに不満に変わった。もう少しで心が通じ合いそうだったのに。目の前からすべてさらわれた気がする。

電話が鳴り、ベロニカは胸を弾ませて受話器をつかんだ。もしかしてジョーダンからかも……。

「もしもし」女性の声だった。「ジョーダンと替わっていただけるかしら」

ベロニカは固まった。聞き覚えのある甘い声になぜか脅されているような気分になった。

「もう出られましたけれど」

ひと呼吸おいてロレインが言った。「いつ？」

「三十分ほど前に」

「じゃあ、わたしも急がないと。彼、デートで待たされるのが嫌いなの。怒らせてしまうわ」

「ロンドンでお仕事とうかがっていますが」ベロニカは冷ややかに言った。

ロレインが豊かな笑い声をあげた。「あら、彼ったらそんなことを？　おもしろい冗談ね。でも笑い事ではすまないわね。わたしにはあなたをちゃんと納得させておくって言っていたのに、結局話していないわけだから。ほんと、しようのない人」

「納得させる？」ベロニカは思わずきき返した。

「だって、わたしがあなたのことを納得するからには、あなたにも納得してもらわないと」

「わたしの何を納得してくださるというの？」

「いっときの関係……かしら。大変な状況なのはわかっているわ。もちろん許す心づもりでいるの」

「それはご親切に」ベロニカは皮肉った。「で、何を許してくださるのか、おききしていい?」

「あらいやだ、おかしなことをきかないで。わたしだって、この状況を受け入れるのはひと苦労だったのよ。でも、誰のことを優先すべきかはわかっているから。ところで、ホリーは元気?」

ベロニカの背筋がざわついた。「娘は関係ないでしょう、ミス・ハスラム」

「正確には、ミセスよ」

こみ上げる怒りに、ベロニカの語気が鋭くなる。「そういえば、何度かご結婚されていましたよね。いつも相手はお金持ちの方ばかり」

「そうよ。みんな、わたしの知性を認めてくれて」

「ほんとに知性が関係あるのかしら?」ベロニカは言い返した。

ロレインはまたもくすっと笑った。「ええ、知性はおおいに関係あるの。外見的な魅力よりずっとね。だから今のわたしがあるんだし、今のあなたがあるわけ。でも、あなたはあなたなりにご自分のカードをうまく使ったわ。お見事よ。でも、大物を釣るには最後の決め手に欠けていたわね」

「あなたの場合は、釣り上げるのに時間がかかりすぎて決め手がなくなったようね」ベロニカは気迫で言い返した。「こんなことは言いたくありませんけれど、ミセス・ハスラム――」

「じゃあ、よしましょう。ホリーによろしくね」

電話が切れ、ベロニカはゆっくりと受話器を戻した。冷たいものがじわじわと胸をむしばみ、全身が凍りつくようだった。

わたしったら、なんてばかだったのだろう。なんておめでたいの！　ロレインは真実を知っていた。きっとジョーダンが打ち明けたのだ。ホリーは自分の娘だと。ホリーの母親には認めなかったのに、ロレインには話した。きっとロレインは将来設計に入っている相手だからだ。わたしは違う。

ジョーダンがホリーに話していたことが予言のように感じられた。〝手に入れるため……常に先を読む……手の内は明かさない……油断させて……〟

ジョーダンは気づかれると思わなかったの？　そうよ、わたしが彼の行為を単なる戯れだと見抜くとは思いもしなかったに違いない。実際、見抜けなかった。折よくロレインから電話をもらわなければ。

ジョーダンにはロレインがいることを知っていたはずなのに。それでものぼせ上がって、肝心なことをきかずにいたなんて。彼は手の内を明かさず、欺き続けるつもりだったのだろう。ホリーとの親子関係を否定する書類をわたしから取り返すまで。あれがあれば、ホリーが手に入らないから。

愛の蜃気楼《しんきろう》が崩壊し、目の前に男の真の姿が現れていた。胸が強く痛みだし、ベロニカは気持ちを引き締めて涙を抑え込む。泣いている暇はない。とにかく行動しなければ。今すぐに。

10

ロレインから電話があった翌日、ベロニカはホリーと共にロンドンに戻った。突然の決断にホリーは驚いたものの、ベロニカが恐れていたほど積極的には尋ねてこなかった。それより気になることがあるらしく、時間の大半を読書やパソコンに費やしていた。これほどおとなしいと、いつもなら心配になるところだが、ベロニカはベロニカで一刻も早くジョーダンの家を離れたいという気持ちに取りつかれ、ほかのことに気をまわす余裕がなかった。

自宅に戻るとすぐにサリーに電話をかけて、仕事を再開したいと話した。サリーは気持ちよく応じ、近いうちに連絡すると約束してくれた。

最後の検診日が近づくと、ホリーの気分は高揚した。病院に向かう途中も元気いっぱいで、診察室に着いたときには飛び跳ねんばかりだった。そんなホリーに、ウェストン医師は笑いながら告げた。

「尋ねるまでもなさそうだね。じゃあ、手術の跡を見せてもらおうかな」

ホリーはTシャツをめくり上げ、胸の大きな傷跡を見せた。その光景はいまだベロニカをどきっとさせたが、ホリーは誇らしげだ。医師が縫合痕を診る間もじっとしていて、聴診器をあてたときには慣れた様子で深呼吸を繰り返した。

ウェストン医師は心音を聴き、満足そうな声をあげた。「バスドラム並みだ。どこも文句なし」聴診器を外し、ホリーに手を差し出す。「知り合えてよかったよ、ミス・グラント」医師は真面目な顔で告げた。「だが、今日でお別れだ」

ホリーがくすくす笑い、彼の手を取った。

医師はベロニカににっこりとほほ笑んだ。「あまり過保護にしないでください。健康状態はもう同じ年頃の子供たちとまったく変わりませんから」

わかっていたことでも、改めて言葉にされると安堵《あんど》の波が押し寄せる。「先生、なんてお礼を言えばいいか」

礼には及ばないとばかりに医師は手を振り、二人をドアまで送ってくれた。

「最後にもう一回トビーに乗っていい？」廊下に出るなりホリーが懇願した。

トビーというのは、病院の入口に置かれている大きな木馬だ。コインで動くようになっている。ホリーは馬の背によじ登り手綱を握って、木馬が動きだすのに合わせて〝進め〟と声を張り上げた。ベロニカはほほ笑みながら、そんな娘を見守った。

ふとホリーの背後に現れた男性の姿が目に入り、ベロニカの笑みがしぼんだ。立ち止まったジョーダンもむっとした表情を向ける。二人に挟まれた形のトビーの動きが大きくなり、ホリーははしゃいだ声をあげて振り落とされまいと木馬にしがみついた。

エルムブリッジでの抱擁から、ジョーダンの姿を見るのも声を聞くのもこれが初めてだった。あの、情熱のささやきと切なさに身を震わせた日から。けれど、結局は欺かれていたとわかり、今は敵として向かい合っている。愛を失った苦しみだけでなく、大きな不安も抱えて。ジョーダンは貪欲な人だ。しかも背後にはロレイン・ハスラムの存在もある。彼女を思い出すとベロニカの闘争心に火がついた。

トビーの動きが止まったところでホリーがジョーダンに気づき、下ろしてと甘えるように両腕を持ち上げた。たちまちジョーダンの顔から怒りが消え、にっこりとほほ笑んで手を差し伸べる。

「よくなったの」ホリーは言った。「先生がわたしはバスドラムみたいだって。もう診察に来なくていいって。それに、ママは過保護にしちゃだめなんだって。でも絶対にすると思う」そこまでいっきにまくし立てて、少女はようやく息をついた。

「すごいじゃないか」ジョーダンは笑った。「じゃあ、ぼくのオフィスでお祝いをしようか」企《たくら》みを共有するかのように続ける。「パソコンが何台もあるんだ。びっくりするよ」

「行きたい！」ホリーは手を彼の手に滑り込ませた。

ベロニカは笑って同意するしかなかった。

車の中でもホリーは、大人二人の不穏な沈黙を埋めるように上機嫌で話し続けた。ジョーダンがホリーに、キャベンディッシュ・ホールディングズの本部であるガラス張りのビルを指し示すと、ホリーは身を乗り出し、車が地下の駐車場に吸い込まれるまで、窓に張りついて食い入るように眺めていた。

エレベーターに乗り込むと、ジョーダンはホリーにボタンを押させた。すると、エレベーターは彼のオフィスへと直行した。二面がガラス張りとなった広い角部屋だ。ホリーは道路を見下ろして五階分の高さを確かめたり、向かいのビルの窓を眺めたりしながら、窓辺に沿ってぐるりと歩きだした。その顔は驚きに満ち、ディスニーランドにでもいるようだ。

ほどなくホリーは巨大な広告用掲示板と向かい合う位置にたどり着いた。かつて母親の写真が貼られていたところだ。すると、ジョーダンはベロニカに向かって眉を上げてみせた。我が子にあの写真を見られた可能性があったことを指摘したいのだろう。

わたしは悪い母親だと言いたいの？　ベロニカはむっとした。いったいなんの権利があってわたしを裁くわけ？　怒りの奥で警鐘が鳴り響いていた。いつかジョーダンが自分ならホリーのことをもっとよくわかってやれるとばかりに言った〝慎重に扱ってやらないと〟という言葉を思い出したのだ。

ジョーダンがケイト・アダムスを呼び、ホリーを紹介した。「ホリーに会社の中を案内してやってくれ」二人が出ていくと、ジョーダンは怒りの視線をベロニカに向けた。「今朝電話をしたら、ミセス・ヘンドリックスがきみたちは数日前にエルムブリッジを発《た》ったという。なぜ連絡しなかった？　彼女から今日がホリーの最終検診日だと聞かなかったら、きみたちが戻っていることも知らなかったんだぞ。ホリーは〝我が娘〟なのに、どうしてこんなまねをするんだ？」

　ベロニカは息を吸い込んだ。「いつからホリーがあなたの〝我が娘〟になったの？」

「悪いか？」ジョーダンはじれったそうな声をあげた。「あの子はぼくの子だ。間違いない」

　この瞬間をどれだけ夢見ていたことか。けれど今のベロニカは不安しか感じなかった。〝我が娘〟のことをその母親と話しているというのに、彼の態度に温かみはない。事務的で、まるで引き受けると決めた仕事の話をしているようだ。「そんなふうに思ってはいなかったでしょう？」

「また蒸し返すのか？　確かにあのときは違った。突然前触れもなく目の前に現れたんだ。疑ってかかるのも当然だろう」

「わたしを抱いた記憶はないから、自分の娘ではないと言ったわ。ということは、思い出したの？」

「いや、そこまでは……」ジョーダンは口ごもった。「しかし本当かもしれないと思うようにはなった」

「つまりそうするのがふさわしいと思ったから、受け入れることにした、というわけね」

その小賢《こざか》しい口調に、ジョーダンの顔がゆがんだ。

もともと自分の判断に口を挟まれるのには慣れていない。従業員は面と向かって異議を唱えるようなまねはしないし、ロレインは実利を考えてこちらの希望を聞き入れる。最近関係を終わらせたいと申し出たときも、きわめて物わかりがよかった。少し冷静に考えれば奇妙なほどの物わかりのよさだったが、それも別れの記念に贈ったダイヤのネックレスの効果だとジョーダンは頭から思い込んでいた。

だが、今ベロニカはこちらの決断に異議を唱えるだけでなく、彼を厳しく追及していた。経験のない状況に、ジョーダンは戸惑った。足もとが揺らいだ気がして、態度がますますそっけなくなった。

「ややこしい話はなしだ。きみはホリーがぼくの娘だと言い、ぼくはそれを受け入れた。それ以上に何か言いたいことがあるのか？」

「その点についてはないけれど」ベロニカは興味深そうにジョーダンを見つめた。

「だったら、現実的な話をしよう。肝心なのはホリーの将来だ」

「あなたにはもう充分よくしてもらったわ。あの子に将来ができたのもあなたのおかげ」

ジョーダンはベロニカの表情を探ったが、そこには期待していたような喜びはなかった。

失望を隠すようにすばやく話を続ける。ベロニカの顔から、眼前でドアを閉めそうな頑《かたく》なな表情が消えるのを期待して。「問題はあの子の今後だ。どんな学校に通えばいいかをずっと考えていた。そこでブライアーズを見つけた。きわめて優れた生徒だけを受け入れる学校だ。そこならあの子の知性を伸ばせるし、あの子もうまくやっていける気がする。校長と話したら、向こうも――」

「待って」ベロニカは語気鋭く遮った。「わたしにひと言もなく、校長に会ってホリーの話をしたの？　どうして？　わたしがあの子の母親で正式な保護者だということを忘れたの？」

「きみこそ、ぼくがあの子の父親だってことを忘れている。あの子は特別な娘だ。あの子に能力を存分に伸ばせる環境を与えてやるのがぼくの務めだ」

「ぼくの務め？　いいえ、わたしの務めよ」

「きみはあの子に必要な教育を与えてやれたか？」

「それは、あの子が病気だったから……」

「ホリーは、自分と同じ平凡な子ばかりを贔屓《ひいき》する教師に教えられてきた。責めているんじゃない。特別な学校には相応の金がかかる。きみには無理だ。だが、ぼくなら与えてやれる。そうなるとすぐにでも行動を開始するのが自然な流れだろう」

「あなたにはそうかもしれない。でも必要なことはわたしがするわ。これ以上あなたの手を煩わせないためにエルムブリッジを出たんだから」

「どういう意味だ？」

「会うのはこれが最後ってこと。例の契約どおり、あなたはちゃんと役目を果たしてくれた。これからはわたしが果たす番よ。これ以上あなたには何ひとつ要求しない。あなたにとって、わたしとホリーはこの世に存在しないのと同じ」

ジョーダンは彼女の言葉を呆然《ぼうぜん》と聞いていた。そのあまりにひどい内容に、脳が理解を拒否して空まわりしている気がした。「何を言っているんだ？」

「お別れよ。ホリーはあなたに渡さない。あの子にはまだわたしが必要なの。これだけはいくらあなたでも買収は無理よ」

彼は頭をクリアにしようと首を振った。「いつぼくがあの子を渡してくれと言った？」

「どう考えたって、わたしからあの子の養育権を取り上げようとしているとしか――」

「ちょっと待ってくれ」ジョーダンは手のひらを彼女に向けた。「誤解だ。ぼくの提案はきみと結婚することだ。これを先に言っておくべきだった」

ベロニカは唖然《あぜん》とした。まさかプロポーズされるとは思ってもいなかった。一瞬、胸が弾む。だがそこでジョーダンの真意に思い当たり、引きつった笑い声がもれた。「あなたの〝提案〟とやらを教えていただけてうれしいわ。こんなにすごいプロポーズは誰も受けたことがないんじゃないかしら」

ベロニカの皮肉に、ジョーダンは内心ひるんだ。まさかこんな展開になるとは思いもしなかった。ベロニカにホリーの大切な日から締め出されることも。こちらの善意を喜ぶそぶりすら見せない冷たく怒りに燃える女性に、傷心を抱えたままプロポーズする羽目になることも。

どんなに幸せな瞬間が訪れるかと楽しみにしていたのに。失望感がジョーダンを非情にした。「どうすれば満足だったんだ？」皮肉のこもった口調で尋ねる。「月光と薔薇《ばら》か？しかし、それはぼくたちの状況に少し不釣り合いじゃないかな」

「そうね」ベロニカは言い返した。「本当のところは取り引きと同じだものね。あなたは父親じゃない、企業買収家よ。ようやくホリーを認めてやったんだから、それをありがたく受け入れろ、というの？　無理よ。だってあの子が基準を満たしているかどうか、あなたが慎重に吟味していたのを知っているもの。あの子が優秀な子だとわかり、手に入れる価値があると判断したのよ。たとえわたしというおまけ付きでも。もちろん、わたしのほうはいつまでも手元に置いておく必要はない。法的にホリーの親権を主張できさえすればいいんだから。時機がくれば離婚して、ホリーだけを手もとに残せばいい。買収による資産剥奪《はくだつ》――あなたが得意なことだそうね」

ジョーダンの顔から血の気が引いた。ベロニカはこれほど人が蒼白《そうはく》になるのを見たことがなかった。まるで致命傷にもがき苦しんでいるようだ。

「たいしたものだよ、ベロニカ。人の弱点に正確にナイフを突き立てる。応戦するには、ぼくも手段を選んではいられないようだ。もっと楽な道も選べたのに。だが、きみが闘いを挑むなら受けて立つしかない。そうなったら、ぼくにも考えがある。裁判所があのイゼベルの写真を見たら、母親にふさわしいと判断するかな？」

「あなたが自分の娘でもない子供をそれほど気にかけるのは不思議に思われないかしら」ベロニカは応戦した。「文書があるのよ、ジョーダン。署名も封印も、証人だっている。ホリーはあなたの娘じゃない。あのときは署名させられたことを恨んだけれど、今となってはよかったわ。あなたがどれだけホリーに対する権利を主張しても、あの文書を提出さえすれば無効になるんだもの」

そのとおりだ。苦い怒りのせいで、自らが彼女に握らせた武器のことをすっかり忘れていた。ベロニカに否定されればどうにもならない。ジョーダンは自分の作り上げた砂漠とそこで立ち往生する自分自身に気づいて、愕然《がくぜん》とした。

「本気なのか？」息を切らしながらジョーダンは言った。「本気でホリーを連れ去り、二度とぼくと会わせないつもりか？」

「しかたないわ。あなたにホリーの養育権を半分でも譲ったら、根こそぎ持っていかれるのがおちだもの。でも、わたしはあの子に、あなたみたいに次の取り引きや次の株式発行にしか興味のない人間になってほしくない。あなたみたいに人を巧みに操る人間にも」

「ぼくがいつそんなことを？」

「あなたは信頼できないわ、ジョーダン。ホリーはかわいくてすばらしい子よ。でも、あの子もあなたと同じように、方向を間違えば冷淡で抜け目のない人間になる可能性を秘めている。ホリーならきっとあなたの優れた後継者になるでしょう。でも、そのせいであの子は大きな代償を支払う羽目になる。わたしはあの子に、あなたみたいな冷たくて愛も知らない人に育ってほしくない」

ジョーダンの表情がすごみを帯びた。「きみは恵まれているから、そう言えるんだ」吐き捨てるように言う。「冷たくて愛も知らない？　好きでこうなったわけじゃない。ぼくにだって、存在さえ知らされていれば生まれた直後から愛情を注げた子供がいた。愛を返してくれる子供がいた。生後四時間のホリーを抱いたきみの写真を見たとき、ぼくがどんな気持ちだったかわかるか？　きみはお母さんが撮ったものだと言った。だが、本来ならぼくが撮るはずの写真だ。ホリーが歩き始めるのを見守るのも、おもちゃを修理するのも、抱き上げてクリスマスツリーに飾りをつけさせてやるのも、ぼくの役目だった。なのにそのチャンスさえ与えられなかった」

ジョーダンは唇を噛《か》んだ。

「ぼくは二歳になる前に両親を亡くした。ほかに身内はいない。ホリーがこの世で血のつながった唯一の肉親なんだ。家族に恵まれてきたきみには理解できまい。ホリーはぼくの唯一の家族だ。その子をきみはぼくから引き離した。宝物を独り占めしたのはきみのほうじゃないか。なのに、ぼくの心が貧しいからとどうして責められるんだ？」

恐ろしいまでの沈黙が流れた。ベロニカは打ちのめされ、ただジョーダンを見つめていた。衝撃だった。彼が自らの人生の殺伐とした場所をむき出しにし、それをベロニカのせいだと責めたてたのだ。まぶたに浮かんだ映像に、彼女は思わず目を閉じた。それでも消えなかった。使われることなく不毛の地と化した心の映像。その砂漠に花を咲かせることができる少女がいた。けれど、その存在を彼が知ったのは何もかも手遅れになってからだ。

ジョーダンもまた、呆然と沈黙の中で立ちすくんでいた。言葉にすることで初めて、自分自身のつらい事実と向き合ったかのように。

どちらかが言葉を発する前にドアが開いてホリーが飛び込んできた。目にしたすべてを報告しようと意気込んでいたが、二人の大人が微動だにせずにたたずんでいるのを見て足を止める。気づまりな空気を感じ取ったのだ。母親の顔を見てそこに苦悩の色を発見するや、少女は声をあげて駆け寄った。

「マミー！」

「大丈夫、なんでもないわ」ベロニカは慌てて取り繕った。

けれどもホリーはごまかされなかった。母の手を取り、そばの椅子へと促す。ホリーはベロニカの笑顔の奥を見透かしたようだった。それまでの上機嫌は跡形もなく消えうせた。

ホリーは母親の首に腕をまわし、守るように引き寄せてから、ジョーダンに非難の目を向けた。少女の無言のメッセージを受けとめ、ジョーダンが目をそらす。ベロニカは両手を握りしめた。彼の気持ちを思うと胸が痛かった。ホリーの行動に心を打ち砕かれたに違いない。

「きみたちはもう帰ったほうがいい」ジョーダンの声はかすれていた。

ベロニカはホリーの手を取って立ち上がり、娘の手前、少しでも状態を取り繕えればと礼儀正しい挨拶をした。「ホリーにここを見せてくれてありがとう。あなたも楽しかったでしょう、ホリー？」

「うん、ありがとう」ホリーはジョーダンを見据えたまま感情のこもらない声で言った。

ベロニカはドアに向かった。これでもう彼と二度と会うことはない。本当にこんな形で終わってしまうの？

彼女は心の痛みを隠すだけの無意味な別れの言葉を告げたあと、ドア口で最後にもう一度振り返った。ジョーダンの目は、ベロニカとホリーのどちらに向けられているのかわからなかった。彼は完璧なまでに表情をなくしていた。

11

ジョーダンが話していたブライアーズという学校を見つけるのはそう難しくなかった。ベロニカはホリーと見学に行き、校長の話を聞いてその学校なら娘も能力を存分に伸ばせると確信した。ホリーも同じ意見のようだった。見るものすべてに目を輝かせ、質問を繰り返していた。

入学金や授業料の額を聞いて少し青ざめたが、ベロニカは来学期からの入学を申し込んだ。ホリーのためだ、なんとかするしかない。複雑な思いはあるにせよ、自分では気づかなかったことを気づかせてくれたジョーダンに感謝していた。

数日後、サリーから電話があった。

「あなたが復帰したこと、リックが喜んでいたわ。さっそく仕事に使いたいって」

「もうヌードはいやよ」ベロニカは釘《くぎ》を刺した。リックはイゼベルの写真を撮ったカメラマンだ。

「大丈夫、今度はデザイナーズ・ジーンズよ」

「それならいいかも」

サリーが撮影日を設定し、ベロニカはリックのスタジオに向かった。抱擁で出迎えた彼を、ベロニカはふざけて軽くぶった。これまでも何度か一緒に仕事をして、うまくいっている相手だ。痩せた若者で、髪を短く刈り込み、わざと威嚇するような表情を浮かべているが、芯は驚くほど情に厚い。今は口を開けば妊娠中の奥さんの話ばかりだ。コーヒーを飲みながら赤ちゃんの話題で盛り上がっていたとき、リックが唐突に言った。

「なんか変わったね」

「そう?」やはり使えないと言われるのかと、ベロニカはどきっとした。

「顔が細くなって……いや、それだけじゃないな。ちょっとじっとしていて」リックはカメラを向け、レンズ越しにベロニカを見つめた。「このほうがよくわかる」彼は言った。「笑って」ベロニカが従うと、リックはうなずいた。「もっと大きく」

　リックにはカメラで人を正確に分析する能力がある。どんなに陽気に笑っても、レンズは欺けない。奥に潜む悲しみを見透かしてしまう。

　リックはポラロイドカメラで写真を撮り、ベロニカに見せた。変化は一目瞭然だった。痩せただけではない。人生の喜びに二度も別れを告げ、しかも今度こそ決定的な別れと知る女のうつろな表情がそこにはあった。

「別の撮り方を試してみようか」リックは考え込んだ。「笑顔なし。哀愁を漂わせる」

輝くまでとかす。

「でも、ジーンズよ」

「だからいいんだ。見る者の意表をつく」

ベロニカはその線でメイクを始めた。仕上げに豊かな髪をライトで赤みがかった金色に輝くまでとかす。

「いいね」またもレンズをのぞき込んで、リックが言った。「きみは本当にカメラに愛されているよ、ロニー。例のイゼベルの写真はぼくの最高傑作だった。あれがすべて無駄になったと思うと……」リックは思い出して低くうめいた。

「未使用の写真は慎重に扱ってね」ベロニカは言った。「わたしのヌードがあちこちに出まわるなんて、考えただけでぞっとするわ」

リックがカメラを下ろし、目を見開いた。「ぼくの手もとにはないよ。ジョーダン・キャベンディッシュに全部渡した」

「彼に？　どうして？」

「知らなかったのか？　忘れもしない、彼の買収で広告が中止になったと聞いた直後だ。本人がここへ来て言ったんだ。残りの写真も一枚残らず著作権はキャベンディッシュ・ホールディングズにあるから、プリントもネガもすべて渡せって。最初は拒否したんだけど、すぐに折れた。目つきが尋常じゃなかったから。まあ、ぼくも小心者ってことだ。向こうはひたすら〝ほかにないだろうな〟って念を押し続けていたよ。それでぴんと来た。そうか、これは個人的なことなんだと」

「どういう意味？」

「考えてもみろよ、ロニー。ビジネスならほかの誰かをよこせばいい。彼は暇人じゃない。新聞に一分で千ポンド稼ぐ男だと書いてあった。移動時間も考えれば、ここへ来るのは彼に取っては十万ポンドの価値があったわけだ。となると、個人的なこととしか考えられない。そのうえ、あの目つき。きみの裸を見たせいで殺されるかと思った」リックはわずかに当惑の表情をした。「そのあときみの姿を見なくなったから、ぼくはてっきり……。本音を言うと、仕事を再開するって聞いて驚いた」

「娘が大きな手術をしたから、休んでいただけよ」ベロニカは何気ないふうを装った。

「そんなばかな。あれほどの金持ちに惚《ほ》れられたんだから、きみの問題は解決だろう？」

「ええ。でも誤解よ」ベロニカの目がきらりと光り、これ以上踏み込まないでと警告した。「ミスター・キャベンディッシュは古い知り合いなの。わたしのキャリアに傷がつくんじゃないかと心配してくれただけ。わたしたちの間には何もないんだから」

リックはぐっと言葉につまった。「傷ってほどのことかな？　まあいいや、仕事に戻ろう」

ベロニカは位置につくと、機械的にリックの指示に従った。落ち着いたプロらしい表情の裏で、心は今しがた知った事実に激しく動揺していた。

ジョーダンは欺かれた仕返しにイゼベルの仕事を取り上げたのだとばかり思っていた。でも、リックの話では、そんな冷血な仕返しとは思えない。

心の中でこだまする〝そのうえ、あの目つき。きみの裸を見たせいで殺されるかと思った〟という言葉が、最近耳にした別の言葉の記憶を刺激した。けれどすぐには思い浮かばなかった。

それが突如として頭によみがえると、ベロニカは自分がレンズの前にいることを忘れた。

〝愛していたら、家を売ろうがぼろを身にまとおうが、どんなことをしてもほかの男の目にさらすまいとするものだ〟

愛していたら……。

〝愛している〟とは、ジョーダンは一度も言ってくれたことはない。でも、彼はそういう人。気持ちはほかのいろいろな形で表してくれていた。わたしが気づかなかっただけで。ひょっとしてずっと前からそうだったの?

次々にポーズをとりながらも、彼女の心は過去へとタイムスリップしていた。十七歳で恋をしていて、何もかもが二倍に感じられた時代に。毎日が特別だった。愛する人は本当にすてきで、それまで夢でさえ見たこともない世界を見せてくれた。毎日がきらきら輝いていて、頭がくらくらするほど楽しかった。

ある夜、ベロニカの狭いアパートメントでひとつのハンバーガーを分け合っていたとき、彼が言った。〝最終試験が近いんだ。集中しなければならない。しばらく会うのは控えたほうがいいかな？〟

ベロニカは笑顔で答えた。〝いいわよ。わたしも少し忙しくなりそうだし〟

〝じゃあ、そうしようか〟

そう言ったのですぐに立ち上がるものと思っていたが、ジョーダンは気まずい顔で座ったままだった。

〝本当にいいのかい？〟

〝もちろんよ。毎日あなたに会わなくちゃ、わたしが生きていけないとでも思っている？〟ベロニカはふざけて彼の脇腹をつついた。〝いつからそんなにうぬぼれやになったの？〟

彼は立ち上がった。〝じゃあ帰るよ〟

〝たまには電話してね。試験の結果も知らせて〟

〝ああ〟

〝時間があるときでいいのよ。気が向いたらで〟

〝わかった〟

たぶん電話はないと思った。ジョーダンは自分の人生の足手まといにならないように、わたしを切り離そうとしているのだ、と。その瞬間、彼を憎んだ。けれどもそれを明るい笑みで包んで顔に張りつけ、彼を見送った。ドアが完全に閉まったとたん、たちまち笑みはしぼみ、目はうつろになった。ベロニカの未来と同じく。

しばらくは動けなかった。階段を下りる足音が聞こえなくなりそうで息をするのもためらわれた。正面玄関のドアが開いて閉じ、足音が通りに出た。そこでふと音が途切れた。長い沈黙。ベロニカは窓辺に駆け寄り、最後にもう一度彼の姿を目に焼きつけたいと思った。けれどできなかった。傷ついて、腹立たしくて、プライドが邪魔をした。窓からのぞいたりしたら、きっと姿が見えなくなるまで見送ってしまい、これほど邪険にされてもまだ愛していると思われる。だから動かなかった。椅子のアームをきつく握りしめて。やがて足音が再び鳴り響き、小さくなって、ついに聞こえなくなった。

プライドは悪いものではない。あの夜プライドを保ったことは悔やんでいない。それでも足音が再び聞こえる前のあの沈黙が、今も刺《とげ》のようにベロニカの心に突き刺さっていた。ひょっとするとあれはジョーダンがプライドを捨てて窓の下にたたずみ、わたしの姿をひと目見ようとしたのかもしれない、と。

今となってはあとの祭りだ。本当のところは知る由もない。でも、もしもう一度あの日に戻れるなら、わたしはきっと窓辺に駆け寄っただろう。

数日がたち、数週間が過ぎても、ジョーダンから電話はなく、自分から電話をかけることも我慢して過ごした。あの冬は長く、四月に入ってもまだ寒さが居座っていた。地面は石のように固まり、ベロニカの心と同じくすさんでいた。そして、運命の夜が訪れた。

大家の女性から電話だと知らされ、ベロニカは共用電話のある一階の廊下へと急いだ。

ジョーダンからだった。胸の鼓動が少し落ち着くと、彼の声に異変を感じた。かすれて弱々しく、ささやきにしか聞こえない。

「やあ、ひさしぶり。どうしているかと思って」彼は精いっぱい陽気に言った。

「ジョーダン、どうしたの？　ひどい声よ」

「ちょっと風邪をひいただけだ」

「この電話は家から？」家といっても彼が間借りしているのは、ぼろぼろの下宿屋だ。

「そうだけど、なぜだい？」

「だって、そこの廊下は冷えるでしょう。暖かい部屋にいないと」ベロニカは心配になった。

ジョーダンは笑い声をあげようとして咳《せ》き込んだ。咳《せき》がおさまったところで言った。

「その言葉を聞けただけで電話した甲斐《かい》があったよ。ぼくは大丈夫だ。きみは最近どうしている？」

「元気よ。新しい役をもらったわ」

「それはよかった」

「ジョーダン？」長い沈黙が落ち、彼が聞いているのかどうか不安になった。「ジョーダン？」

「聞いている」しばらくためらったあと、ジョーダンはゆっくりと続けた。「試験はだめみたいだ」

「どうして？　あなたは優秀なのに」

「ああ、ぼくほど優秀な人間はいないと思う」

「試験はあといくつ残っているの？」

「二科目――しかも重要なのが明日なんだ」

ベロニカはためらいがちに尋ねた。「そばで看病してくれる友達が必要じゃない？」

またも沈黙。その間、ベロニカの耳には自分の心臓の音だけが聞こえていた。

「ああ」ジョーダンはかすれた声で言った。

「すぐに行くわ。ベッドに入っていて」

ベロニカの心は浮き立った。ジョーダンが電話をくれたのはわたしに会いたかったからだ。来ると言ってほしかったから。また会える。もはやほかのことはどうでもよかった。

途中のスーパーマーケットでミルクとウィスキーを買っていこう。お金の余裕はないけれど、銀行口座に少しは残っていたはずだ。ベロニカはＡＴＭを見つけると、祈るような気持ちでキャッシュカードを差し込んだ。提示された残高はわずか十ポンド。けれどウィスキーのハーフボトルなら買える。ベロニカは現金を下ろして店へと急いだ。

三十分後に着き、ベロニカはジョーダンの部屋まで階段を駆け上がった。彼はパジャマにローブを羽織った姿で出迎えた。咳がひどく、熱もありそうだ。部屋は散らかり、ベッドは乱れていて、いつもは整然と片づいている本が乱雑に散らばっていた。

「もう大丈夫よ、ナイチンゲールが来たから」ベロニカはジョーダンの姿を見て高鳴る胸を隠すために、あえて陽気な声を出した。彼を部屋の奥へと追いやり、鍋にミルクを入れてレンジにかける。ジョーダンはベッドに腰かけて、それを見つめていた。

「ありがとう、ロニー」

「何を言ってるの？　そのための友達でしょ？」

ベロニカがウィスキーを取り出すと、彼は目を見張った。「そんなもの、どこで？」

「酒屋に強盗に入ったの。ほかに方法がある？」

「きみの収入ならありえる話だ」

「すごく効くから」ベロニカは温めたミルクとウィスキーを一対一でマグカップにつぎ、そこに山盛りの砂糖を加えた。「飲んでみて」

ジョーダンが飲んでいる間に、ベロニカはベッドを整えた。マグカップが空になるとまた同じものを作り、今度はベッドに腰かけて彼が飲むのを見守った。ベッドに持ち込まれた本にちらりと目をやる。「少し休んだら？」

「無理だ」ジョーダンは力なく応じた。「風邪のせいで出来がよくない。試験会場でせっかくのチャンスが手からすり抜けていくのを感じている」

「試験なら次もあるでしょう」

「やめてくれ」彼はむきになった。「ぐずぐずしているわけにはいかないんだ。この部屋を見てくれ。これ以上こんなところには住みたくない……」また咳き込み始める。

ベロニカはそれ以上何も言わなかった。この話題になると彼が聞く耳を持たないのはわかっている。それでも洗い物をすませて戻ったときには、ジョーダンは本を床に落としてぐっすり眠っていた。

ベロニカは脱ぎ散らかした衣類を拾い集め、隣の通りのコインランドリーに行った。一時間後に戻ると、彼はちょうど寝返りを打ちかけていた。明かりはつけず、ベッドの脇に腰を下ろして額に手を当ててみた。少し熱が下がったようで、ほっとする。

「ロニー……」ジョーダンがつぶやいた。

「ここにいるわ」ベロニカは身を寄せた。彼が手を伸ばして触れてくる。目は閉じたままだった。

「どうしてこんなものを着ている?」ダッフルコートに触れてジョーダンが尋ねた。

「出かけていたから」ベロニカはコートを脱いだ。

ジョーダンは聞いていなかったようにつぶやき続けた。「ロニー、きみはいつもそうやって……ぼくをおかしくさせる」再び手を伸ばしてコートが消えたことに気づくと、彼は指でシャツをなぞり、首筋から背後に手をまわして引き寄せた。

彼が胸元に顔をうずめるのを見て、ベロニカはこの数週間のみじめさが消えていくのを感じた。

再び寝入ったのか、ジョーダンはしばらく動かなかった。目を覚まして背中を向けられるのが怖くて、ベロニカは息を殺していた。抱きしめたくて腕がうずく。彼のすべてが言葉にできないほどいとしかった。乱れた髪をそっと撫《な》で始めたとき、ジョーダンがその手をつかんで頬に引き寄せ、手のひらにキスをした。彼の息がベロニカを燃え上がらせ、唇の感触が喜びのおののきを腕に走らせた。

ジョーダンの舌が肌をくすぐり始めると、ベロニカはぎこちなく息を長々と吐いて反応しそうな体を押しとどめた。ジョーダンからこんなことをされるのは初めてで、それもまた興奮を呼び起こした。キスならこれまでにもしたことはあった。危険を察して身構えてしまうキスを。けれどこのときは様子が違っていた。危険を感じる前に、さりげなく快いエロスが防御の壁をすり抜けていった。

「ロニー……」ジョーダンがささやいた。

「好きよ……ジョーダン」自分が口にした言葉にどきっとした。それまで秘めてきた思いを口にしたことは一度もなかったからだ。部屋には電気ストーブの明かりしかなく、腕の中に彼のぬくもりを感じても、姿はほとんど見えなかった。かすかな光で、目が開いているのはわかる。けれど表情までは読み取れなかった。

「ロニー?」今度は、聞こえているかどうかを確かめるように語尾がわずかに上がった。「愛しているわ」気持ちが高まり、彼を抱き寄せてつぶやく。「ジョーダン、あなたを愛している」

ジョーダンが何かに突き動かされるようにして彼女の体をまさぐりだした。ベロニカも彼の手を感じたくて自ら服を脱ぎ捨てた。彼との未来がないと知っているのに、わたしったらどうかしているわ。そうは思っても、この夜だけは愛が勝った。一度きりでもかまわないと思った。そうすれば、たとえこの先に別れが待っていても、思い出だけで生きていける、と。だから、ベロニカは彼を抱き寄せて受け入れた。心の中ではずっと彼のものだった。ようやく現実のものとなったのだ。

それは思い描いていたよりもずっと感動的ですばらしかった。そのあと何時間も、ベロニカはジョーダンを抱きしめ、彼の寝息に耳を澄ましていた。そして思った。この先どうなろうと今夜のことは絶対に悔やまない、と。どんな不幸が待っていても、愛する人とひとつになった経験もなく生きるよりはずっとましだ、と。

ジョーダンは身じろぎもせず、ベロニカの胸を枕に眠っていた。カーテンの隙間から朝日が差し込んだとき、ベロニカはそっと彼の頭を胸から外してベッドを出た。闇の中で激しく求め合った昨夜の出来事が、冷たく非情な朝日の中では気恥ずかしかった。

ジョーダンが目を覚ましたのはベロニカが服を着てケトルを火にかけているときだった。

「おはよう」彼は起き抜けの声で言った。

ベロニカは振り返り、きらきらした目で彼を見つめた。「おはよう、ジョーダン」

「今、何時かな？」

「八時よ」

ジョーダンは眉をひそめ、ふいに彼女から目をそらした。「ずっと、ついていてくれたのか？」

ベロニカの笑みが薄れる。「ええ」彼女は待った。けれど彼は何も言わず、沈黙が流れた。「気分はどう？」しびれを切らしてベロニカは尋ねた。

「ずっとよくなったよ。きみのおかげだ」ジョーダンは気まずそうに笑った。「申し訳ないことをした。椅子で眠らせて悪かった。ひょっとして床で？」

ベロニカの胸に痛みが広がった。わたしにとってはあんなにすばらしい出来事だったのに、彼には何も起こらなかったも同然だったなんて。一瞬すべて話そうかとも思ったが、すぐに考え直した。これほどの喜びを、ただぽかんとしている人に伝えても無意味だ。それに、昨夜のことはジョーダンの本意ではなかった。心が通じ合ったわけじゃない。彼が何ひとつ覚えていなかったことで、そのことをはっきりと思い知らされた。「椅子で寝たの。だけど平気だったわ」ベロニカは答えた。

ジョーダンはベッドから起き上がり、空になったウィスキーのボトルを拾い上げた。

「無理をさせたんだね」値札を見て、彼が驚きの声をあげた。

「臨時収入があったから」ベロニカは嘘《うそ》をついて、洗い物に戻った。

「必ず返すから。今は無理だが、借用書を書こう」

「別にいいのよ」

「借りは返さなければ」

「いいって言ってるでしょう！」ベロニカは声を張り上げた。「そろそろ帰るわ」

「何を怒っているんだ？」

「別に怒っていないわ。もう大丈夫そうだから」

「ぼくが何かしたか？」

「いいえ。ただ、もう行かなくちゃ」

「いろいろとありがとう、ロニー」

「いいのよ。それより、試験がんばってね」

それからベロニカは一目散で家に戻った。最後の悲惨な数分を思うと、ジョーダンを憎みたくなる。覚えていたのに忘れるほうを選んだのかもしれないと思うと、憎まずにいるのがどんどん難しくなった。

あのときのジョーダンの言葉が脳裏によみがえる。

〝ずっと、ついていてくれたのか?〟

〝椅子で眠らせて悪かった〟

どれもこれも覚えていないことを強調する言葉だ。強調しすぎじゃない? 当時はそう思った。でも今なら、少しは人生経験を積んだ今なら、別の可能性も考えられる。記憶が曖昧で、何かしらの手がかりを求めていたのだ、と。

あの夜を最後に、ジョーダンとは一度も会わなかった。試験に合格したことは電話で知った。ジョーダンは〝きみのおかげだ〟とは言っても、一緒に祝おうとは言わなかった。彼はその資格を持って、ロンドンで勝負に出ようとしていた。

〝遠いわね〟ベロニカは落胆して言葉につまった。

〝ロンドンなら金を稼げる〟ジョーダンは言った。〝それはそうと、十ポンドの借りがあったね〟

〝いいのよ〟

〝いや、よくない。郵便で送るよ〟

小切手はジョーダンが町を出る前に送られてきた。それから数週間後、今度はロンドンから手紙が届いた。そこには〝ここまで来られたのはきみのおかげだ〟と、延々と礼がしたためられていた。

その頃にはすでに妊娠も判明していたから、どこかに自分への愛情が隠されていないかと一言一句を食い入るように見つめた。けれどどう読んでもそれは穏やかで丁寧で少し堅苦しい、取り立てて内容のない礼状で、どうしてわざわざこんな手紙をよこしたのかと首をかしげるものでしかなかった。

でも、今ならはっきりわかる。彼は新しい住所を知らせるためによこしたのだ。わたしがそれを活用することを願って。

二度にわたってジョーダンは手を差し伸べてきた。人のぬくもりを知らない人らしい、不器用で曖昧な方法で。なのに、二度とも払いのけてしまった。

彼の言葉がよみがえる。

〝きみは恵まれている……ぼくの心が貧しい……恵まれている……貧しい……〟

彼には子供の存在を伝えなかった。プライドがあるなら、自分を求めていない男性に面倒をかけてはいけない――自分にそう言い聞かせて。一方で、プライドの別の側面が浮び上がった。実のところ、自分を愛さなかった彼を罰したかっただけなのだ。そして二度と会うものかと考えたのは、会えば自分が彼に与えた苦しみに直面する羽目になるから。

「おいおい！」リックが憤慨した声をあげた。

ベロニカははっと我に返り、そこがリックのスタジオで、撮影中だったことに気づいた。

「どうしたの?」わけがわからずに尋ねる。

「それはこっちのせりふだ。撮影中にそんなふうに座りこんで泣かれたら困るんだ」

12

ケイト・アダムスがちょうど背を向けていたとき、ドアが開いて女性の声が聞こえた。

「ミスター・キャベンディッシュに会わせてください」

「お約束は？」とっさに振り返ったケイトは相手に気づくと、すぐに応じた。「しばらくお待ちください」そしてジョーダンの部屋のドアを開けて言った。「ミス・グラントがいらっしゃいました」

顔を上げたジョーダンの目には切ないほどの希望が宿っていた。だが次の瞬間、驚きに変わった。

「ホリー！　お母さんも一緒かい？」

ホリーは首を横に振った。「ひとりで会いたかったの」

ジョーダンはデスクをまわった。「ケイト、しばらく二人きりにしてくれ。電話も訪問者もなしだ」

ドアが閉まると、ジョーダンは革張りのソファに腰かけ、ホリーの手を握りしめていつ消えるかと恐れるような目で小さな顔を見つめた。「あまり元気そうじゃないのね」

確かにひどい姿だった。心配そうに言った。このオフィスで三人で会った日からほとんど食事も喉を通らず、睡眠もとれていない。ホリーの洞察力ならおそらくそれくらいはお見通しだろう。だがまだ幼く、酒に溺れていることまでは推測できまい。今朝もいつもと同じ程度に身なりは整えているが、目は落ちくぼみ、隈《くま》もできていて、顔色もさえなかった。

神経も限界寸前までささくれていた。ここ数日、スタッフは腫れ物に触るように接している。けれどホリーの反応は違った。彼女は両腕を首に巻きつけ、ぎゅっとしがみついた。その動作に含まれる自然な共感が、最後に会ったときに投げかけられた非難の目よりも心を揺さぶった。ジョーダンはホリーを無言できつく抱きしめた。

やがて二人は体を離すと、ホリーはジョーダンの額から髪を払いのけた。「お母さんはきみがここに来たことを知っているのか？」

「ううん、ママは仕事。留守のときは上の階のカーターさんのところに行くんだけど、あなたに会いたくて抜け出してきたの」

「ありがとう。もう友達だと思ってくれていないと思っていたよ。きみに嫌われたと」

「いいえ、あなたは親友よ」ホリーが口にしたのはそれだけだったが、握りしめる手が言葉以上に少女の気持ちを物語っていた。「寂しかった」そっと打ち明ける。「ずっとパソコンを触っていたの。あなたと一緒にいるみたいな気がするから。でも違った」

「ぼくも寂しかったよ。きみに忘れられていなくて、本当によかった」

「もう来ないの？　計画があるって言っていたのに。これからはもっと会えるようになるって」

「ああ。だけど、あれから状況が変わったんだ。どうしてこうなったのかはわからないが、きみのお母さんが…」ジョーダンはためらった。ベロニカを非難する言葉でホリーを混乱させたくない。「ぼくを嫌いになったらしい」無難な表現で締めくくる。

「ミセス・ハスラムのせいかも」

「ミセス・ハスラム？　どうして彼女が？」

「あのね、あなたがわたしの誕生日に彼女に会いに行ったあと――」

「ちょっと待ってくれ、ホリー。ぼくは彼女に会いに行っていないよ。ケイトから仕事の件で電話があり、ロンドンに戻っただけだ」ジョーダンはホリーの表情をいぶかしげに見つめた。「なぜぼくがミセス・ハスラムに会いに行ったと？」

「だって、あのあと彼女が電話でそう言ったから」

「なんだって？」ジョーダンは少女の顔をまじまじと見つめ、それからそっとソファの自分の隣に腰かけさせた。「ぼくに全部話してくれないか？」

「ミセス・ハスラムが電話をかけてきて、あなたを出してと言ったの。ママがもう帰ったって言ったら、じゃあ急がないとあなたを待たせちゃうって。それから……」ホリーは眉をひそめて記憶を呼び覚ました。「ママとはお互いの存在を納得しなくちゃならないとかなんとか。自分もしばらくは目をつぶるって……それってどういうこと？」

「なんでもない」ジョーダンは急いで言い、こみ上げる悪態をのみ込んだ。「ほかにはなんて？」

「それくらい。ママにすごくひどい言い方をしていた。自分のカードをうまく使ったとかなんとか。それとミセス・ハスラムの旦那さんの話も出ていた。ちょっと意味がわからなかったんだけど、その頃にはママもかっとなっていて、けっこう張り合っていたわ。ミセス・ハスラムが自分は知性があるから相手がみんなお金持ちだったって言ったら、ママはほんとに知性が関係していたのかしらって」

ジョーダンの唇が無意識にひくついた。「本当にそんなことを言ったのかい？」

「ママって怒らせると怖いの」ホリーはどこか誇らしげに言った。

「ああ、知っている。だけどねホリー、ミセス・ハスラムがどう言ったにせよ、ぼくは彼女には会いに行っていない。リッツで偶然会った日があっただろう。あの日ぼくは彼女に最後のお別れをしたんだ。本当だ。信じてくれるかな？」

「もちろん」ホリーは少しショックを受けた顔で宣言した。「でもママはそのことを知らない」

「ミセス・ハスラムのことだ、わざと誤解させるような言い方をしたんだ」

「どうして?」

「彼女はご都合主義者だからね。ぼくに振られた腹いせに、きみのお母さんとぼくの仲をかきまわそうとしたんじゃないかな。そうか、だから……」ジョーダンは言葉をのみ込んだ。だからロレインは急にしつこく電話をかけてきたのか。あれだけきっぱり引導を渡したのに。「それにしても、きみはどうしてこんなに詳しくミセス・ハスラムの言ったことを知っているんだ?」

「子機で聞いていたの」ホリーはぽろりともらし、急いで続けた。「あなたがそうしろって」

「ぼくがいつ電話を盗み聞きしろって言った?」

「言い方は違うけれど……目標が決まったら、まずは調べてみることだって」

ジョーダンはまじまじと少女を見た。「きみの目標って?」

ホリーは首を横に振った。「手の内は明かせない」

「そうだね」ジョーダンは言った。「だったら……ぼくの悩みを聞いてくれるかな。なんだか、もうわけがわからなくてね」

ロレインがベロニカに嘘《うそ》を吹き込んだと知ったのはひと筋の光明にはなった。だがまだ最終的な結論には至っていない。

「ぼくは」ジョーダンは続けた。ホリーに、そして自分自身に向かって。「ひどいことをしたんだ」

「いつ？」

「最初から最後まで。だがほとんどは、きみときみのお母さんがここに来た日かな。言ってはいけないことを言って、本当に伝えたいことを伝えられなかった。仕事だと簡単なんだ。うまくいかなければ、間違っているところを突き止めて、軌道修正すればいい。だが相手が人の場合はそうはいかない。あの日、間違った方向に向かっていると気づいたけれど、どうすることもできなかった。なんとかしようともがけばもがくほど泥沼に陥り、抜け出せなくなってしまったんだ」

「わたしもよ」思いがけずホリーが言った。「だからここに来たの。あなたにしかきけないから」

「何をだい？」

ホリーはすっと深呼吸をした。「あなたがわたしのお父さんかどうか」

撮影は永遠に続きそうな気がしていたが、ようやくリックの〝よし、ここまで！〟の声で解放された。ベロニカは大急ぎで着替えを済ませると、スタジオを出る前にいつものようにホリーの様子を確認するために電話をかけた。けれどミセス・カーターが電話に出たとたん、よくないことが起きたとわかった。

「よかった、電話をくれて」ミセス・カーターが泣きそうな声で言った。「ホリーがいなくなったの」

吐き気がするほどいっきに血の気が引いた。「どういうこと？」どうにか声を絞り出す。

「わたしがキッチンにいる間に出ていったみたい。リビングに戻ったら、クッションにメモがあったの。読むわね。〝ごめんなさい。ちょっと出かけてきます。ママから電話があったら、大丈夫、すぐに戻ると伝えてください。ホリー〟」ひと呼吸おいてミセス・カーターは言葉を継いだ。「それで、ずっとおろおろしていたの。警察に電話しましょうか？」

その言葉で気持ちは落ち着いた。「いいの」ベロニカは言った。「行き先は見当がついているから。心配しないで」

ベロニカは電話を切り、今度はジョーダンのオフィスにかけた。奇妙だが、驚いてはいない。このところホリーはいつになくおとなしかった。自分のことで手いっぱいで気を配ってやれなかったけれど。

ようやく電話がつながり、秘書に言う。「ミスター・キャベンディッシュに話があるのだけれど」

「申し訳ありません」ケイトは謝った。「今はおつなぎできないんです」

「でも緊急なの。どうしても話がしたいのよ」

「本当にごめんなさい。電話も面会もお断りするように命じられているものですから」

「ひょっとして……今日ホリーを見なかった？」

「ええ、ミスター・キャベンディッシュに会いに来られて。もしもし？　もしもし？」

ベロニカは受話器を放り、通りに飛び出していた。言いようのない不安が頭の中で金切り声をあげている。ジョーダンだ。彼がホリーを言いくるめて自分のところに呼び寄せたのだ。あの子を連れ去るために。ひょっとしたら今頃はもう国外かも。

ベロニカはキャベンディッシュ・ホールディングズの本部に着くなり、エレベーターに駆け込み、最上階で降りた。一目散にジョーダンのオフィスに向かい、勢いよくドアを開ける。

そして、そこで立ち止まった。

「あっ、マミー」ホリーが言った。

その声はほとんど聞こえなかった。ベロニカは自分に目を留めて立ち上がったジョーダンをただ見つめた。彼への疑いが無意味だったのはひと目でわかった。げっそりとやつれた顔がすべてを物語っている。ベロニカは、彼への愛と自身の行為への後悔で胸がうずくのを感じた。

ジョーダンが一縷《いちる》の望みにすがるような声で言った。「ホリーに今、ぼくが父親なのかときかれたところだ。まだ答えていない」

ベロニカは娘に目をやった。娘の目にはひたむきな希望が浮かんでいる。「そうよ」ベロニカは優しく告げた。「この人があなたのお父さん」

ベロニカは、ジョーダンとホリーが喜びの表情を浮かべるのを待った。しかし、二人ともひたすらベロニカを見つめるだけだった。

やがてジョーダンがおぼつかない足取りでベロニカに歩み寄った。拒絶されるのをおびえるみたいに、ゆっくりと。その姿を見て、ベロニカは自分が彼に与えた苦しみを癒やすことしか考えられなくなった。ベロニカは腕を大きく広げ、彼を迎えた。

二人は互いを抱きしめた。そして同時に片方の手を外し、その輪の中にホリーを招き入れた。

幼い少女はあふれんばかりの喜びで二人を抱きしめると、そっとその輪から抜け出してドアに向かった。部屋を出る直前に振り返る。「そうだ、マミー。あの女性はただのご都合主義者だったの」そう言って、すぐに部屋を出た。

ドアが閉まるとすぐ、ジョーダンとベロニカは再び抱き合った。ベロニカは彼のキスに無言の愛を感じ、全身から不安が消えていくのを感じた。説明はあとでいい。今は一緒にいられるだけで充分よ。

ジョーダンは先日手ひどく拒絶された女性から情熱的に受け入れられたことがいまだ信じられず、ベロニカをきつく抱きしめた。

しばらくしてベロニカはようやく、彼がもっとも聞きたがっていると思う言葉を口にした。「ホリーはあなたのものよ。もう引き離したりしない」

けれどジョーダンは首を横に振った。「きみはぼくのものか?」かすれた声で尋ねる。

「聞きたいのはそれだ」

「ええ、そうよ。わたしは昔からずっとあなたのものだった。そして、これから先もずっと」

「あの夜、ぼくは本当にきみを抱いていたんだね。夢だとばかり思っていたんだ。人生最高の夢だと。現実ならどんなにいいかと思ったよ。きみに愛されているということだからね。あのとき真実がわかっていたら、気持ちを伝えることもできたかもしれない。絶対に別れたりしなかった。ずっと愛していたんだ、ロニー。だがぼくは口下手で、感情のしがらみがどうとか立身出世がどうとか、ばかなことしか言えなかった。本当は愛していたのに」ジョーダンは息をついて続けた。「ロンドンに出てから、毎日郵便受けをのぞいたよ。無駄だと思いつつも。きみにとってはぼくなんてさほど意味がなさそうだったし、ぼくも夢で抱いたきみの記憶があるうちは、どんな顔で会えばいいのかわからなかった」

「あなたはわたしのことが好きじゃないんだと思っていたの。わたしったら、ずっと何も見えていなかったのね。でも今日、リックからあなたがどんなふうに彼からイゼベルの写真を取り上げたかを聞いて、やっとわかった。本当はとっくにわかっていてもよかったはずなのに。そのことがなくても、ここへ来るつもりだったのよ。あなたに許しを請いに」

「ぼくに許しを？」ジョーダンは理解できない様子で繰り返した。

「そう――ホリーのことを内緒にしていたこととか、別れて過ごしたこの年月のこととか。よかれと思ってしたことだけれど、そのせいであなたとホリーは会えなかった。二人には互いが必要だったのに。それは二人が顔を合わせた瞬間にわかっていた。でも、あなたにあの子を奪われるんじゃないかと思って、怖くてたまらなかったの」

「だから、ぼくが離婚目的で結婚しようとしているんじゃないかと疑ったんだね。ロレインのせいで？　彼女とは終わったんだ。エルムブリッジを初めて訪ねたあと、ぼくも考えてね。ところがリッツで別れ話を切りだしたとき、運悪くきみたちに会った。きみとホリーを見て、ロレインなりに推察したんだろう。しかしぼくはホリーの誕生日に彼女に会いに行ってはいない。ロレインは面倒を引き起こす糸口を探るつもりで電話をかけ、それを見つけたってことだと思う」

「どうして彼女からの電話を知っているの？」

「ぼくたちの娘が子機で聞いていたらしい」

「なんですって」ベロニカは絶句した。「それをずっと言わずにいたわけ？」

「手の内は明かさないんだそうだ」ジョーダンはにやりと笑った。「頑固なところまでそっくりだ。結婚したら、こんな二人が相手できみも大変だな」

「調整でき次第、結婚する……」ジョーダンはしまったと言わんばかりの顔で口ごもった。

「結婚？」

「いや違う、結婚してくださいか」

「まあ、あなたったら」ベロニカは思わず笑った。

「まったくどうしようもない男だな。初めて結婚を申し込んだときも大失敗をしたのに。ぼくはホリーがいるからきみを愛しているんじゃない。きみの子だから、二人が愛し合って生まれた子だから、あの子を愛している。結婚すると言ってくれないか」

「ええ、結婚するわ。断ったりしたらホリーに叱られるもの」ベロニカは彼に真剣なまなざしを注いだ。「結婚するわ、ジョーダン。あなたを愛しているから。愛したのはあなただけ。これからもずっと」

ジョーダンが唇を重ねた。優しさと情熱が、ようやく取り戻した未来への約束とまじり合う。未来には嵐が待ち構えているかもしれない。二人とも頑固で強い自尊心の持ち主だ。けれど、二人ならきっと乗り越えられる。二人を結びつけた愛は過去の教訓の上に成り立っているのだから。

そのとき、ドアが細く開いて小さな頭がぴょこんとのぞき、すぐにまたそっと閉じられたことに、二人はまったく気づかなかった。

●本書は2014年11月に小社より刊行された作品を文庫化したものです。

忘れられた愛の夜

2024年2月1日発行　第1刷

著　者　ルーシー・ゴードン

訳　者　杉本ユミ（すぎもと　ゆみ）

発行人　鈴木幸辰

発行所　株式会社ハーパーコリンズ・ジャパン
東京都千代田区大手町1-5-1
03-6269-2883（営業）
0570-008091（読者サービス係）

印刷・製本　中央精版印刷株式会社

定価はカバーに表示してあります。

1月30日発売　ハーレクイン・シリーズ 2月5日刊

ハーレクイン・ロマンス　愛の激しさを知る

ギリシア富豪と薄幸のメイド　リン・グレアム／飯塚あい 訳
〈灰かぶり姉妹の結婚Ⅱ〉

大富豪と乙女の秘密の関係　ダニー・コリンズ／上田なつき 訳
《純潔のシンデレラ》

今夜からは宿敵の愛人　キャロル・モーティマー／東　みなみ 訳
《伝説の名作選》

嘘と秘密と一夜の奇跡　アン・メイザー／深山　咲 訳
《伝説の名作選》

ハーレクイン・イマージュ　ピュアな思いに満たされる

短い恋がくれた秘密の子　アリスン・ロバーツ／柚野木　菫 訳

イタリア大富豪と小さな命　レベッカ・ウインターズ／大谷真理子 訳
《至福の名作選》

ハーレクイン・マスターピース　世界に愛された作家たち ～永久不滅の銘作コレクション～

至上の愛　ペニー・ジョーダン／田村たつ子 訳
《特選ペニー・ジョーダン》

ハーレクイン・ヒストリカル・スペシャル　華やかなりし時代へ誘う

公爵の許嫁は孤独なメイド　パーカー・Ｊ・コール／琴葉かいら 訳

疎遠の妻、もしくは秘密の愛人　クリスティン・メリル／長田乃莉子 訳

ハーレクイン・プレゼンツ作家シリーズ別冊　魅惑のテーマが光る極上セレクション

裏切りの結末　ミシェル・リード／高田真紗子 訳

2月15日発売 **ハーレクイン・シリーズ 2月20日刊**

ハーレクイン・ロマンス

愛の激しさを知る

愛なき富豪と身重の家政婦 シャロン・ケンドリック／加納亜依 訳

花嫁は偽りの愛を捨てられない ミシェル・スマート／久保奈緒実 訳
《純潔のシンデレラ》

孤独な城主と誘惑の9カ月 ジェニー・ルーカス／新井ひろみ 訳
《伝説の名作選》

ボスを愛した罪 サラ・モーガン／山本翔子 訳
《伝説の名作選》

ハーレクイン・イマージュ

ピュアな思いに満たされる

アドニスと飛べない白鳥 スザンヌ・マーチャント／大田朋子 訳

炎のキスをもう一度 エマ・ダーシー／片山真紀 訳
《至福の名作選》

ハーレクイン・マスターピース

世界に愛された作家たち
〜永久不滅の銘作コレクション〜

さまよう恋心 ベティ・ニールズ／桃里留加 訳
《ベティ・ニールズ・コレクション》

ハーレクイン・プレゼンツ作家シリーズ別冊

魅惑のテーマが光る極上セレクション

千年の愛を誓って ミシェル・リード／柿原日出子 訳

ハーレクイン・スペシャル・アンソロジー

小さな愛のドラマを花束にして…

シンデレラに情熱の花を ダイアナ・パーマー他／松村和紀子他 訳
《スター作家傑作選》